Andreas Köhler

Mein Höllenleben im Wohlfahrtshimmel

ANDREAS KÖHLER

MEIN HÖLLENLEBEN
IM
WOHLFAHRTSHIMMEL

EIN FIKTIVER BERICHT

www.skiz.ch

© 2013, 2021 Andreas Köhler, CH - 9008 St. Gallen

Herstellung und Verlag: BoD – Books on Demand, Norderstedt
Layout und Umschlag: Andreas Köhler

ISBN: 978-3-7534-2769-0
Bibliographische Information der Deutschen Nationalbibliothek:

Bibliografische Information der Deutschen Nationalbibliothek:
Die Deutsche Nationalbibliothek verzeichnet diese Publikation
in der Deutschen Nationalbibliografie; detaillierte bibliografische
Daten sind im Internet über dnb.dnb.de abrufbar.

Erstens

In gesitteten und gesättigten Völkern hingegen arbeitet zwar eine grosse Zahl von Menschen überhaupt nicht; …

Adam Smith: Untersuchung über das Wesen und die Ursachen des Volkswohlstandes, 1776

… trotzdem ist meine Untätigkeit kein Problem. Ich darbe nicht, ich leide keinen Hunger; mein Dach ist dicht, das Wohnzimmer geheizt; ich bin nicht in Lumpen gekleidet; meine Gesundheit ist passabel, wenigstens auf den ersten Blick, mein unheilbares Kranksein dem Laien nicht ersichtlich. Kurz: Mein Zustand ist gesittet und gesättigt; ich kann im Frühjahr in properem Hemd dem ersten Buchengrün entgegenschreiten und im Herbst mit Stiefeln durchs dürre Laub stapfen.

So braucht sich keiner Sorgen um mich zu machen, denn ich habe alles, was der Mensch in unseren Breitengraden gemeinhin zum Leben braucht, sogar ein wenig mehr als das: Mein Einkommen liegt – um Geringes – über dem sogenannten Existenzminimum, wie mir mehrfach versichert wurde. Das habe ich auch noch nie angezweifelt, im Gegenteil, denn gerade diese Existenzminimumnähe, dieses Existenzminimalistendasein bezeugt mir mehr als alles andere meine lebendige Wirklichkeit, mein reguläres Bestehen, mein unbezweifelbares Wandeln in den Dinglichkeiten dieser Welt.

Meine Existenz ist minimal, aber gesichert. Abgesichert. Sie wird durch die Invalidenrentenanstalt garantiert. Mit grösster Regelmässigkeit bezahlt mir die IRA das Menschennotwendige. Es besteht also nicht das geringste Problem. Insbesondere besteht kein Problem für das Gedeihen des Volkes, denn angesichts der Erfahrung, dass sich mein früheres Arbeiten, meine sämtlichen

9

Einsätze durchs Band als sinn- und nutzlos herausgestellt haben, hat man mich folgerichtig als unproduktiv und damit wertlos deklariert. Diese meine uneingeschränkte Wertlosigkeit, diese absolute Invalidität, diese von Fachleuten diagnostizierte und von Sachbearbeitern bestätigte Nichtsnutzigkeit wiederum verhalf mir zur Fürsorge der Tätigen, der Produktiven und Wertvollen und gewährt mir bis an mein Lebensende eine geregelte monatliche Rentenzahlung.

Somit beeinträchtigt meine Untätigkeit das Volkswohl in keiner Weise: Es wird im Gegenteil von mir erwartet, dass ich nicht im Mindesten davon abweiche, dass ich nicht durch unüberlegtes, kontraproduktives Verhalten ebendiesem Volkswohl schade.

Es ist logisch und wird auch von niemandem bestritten: Der Wert eines Menschen wird durch sein Einkommen bestimmt – ausschliesslich. Der Lohn, das monatliche Gehalt, ist die einzige Grösse, an welcher die Kraft, die Leistung, ja das sittliche Verdienst des Menschen gemessen und bequem in Zahlen ausgedrückt werden kann. Natürlich ermöglicht das Einkommen dem Werktätigen, dem Produktiven den Lebensunterhalt, doch ist das reine Nebensächlichkeit; viel wichtiger ist, das dieses Salär ihm zu Würde und Stellung verhilft. Am Lohn erkennt man die Produktivkraft des Einzelnen, erkennt man seinen Erfolg. Am Lohn erkennt man seine Bedeutung für die gesamte irdische und überirdische Welt. Denn: Je erfolgreicher der Einzelne, umso erfolgreicher ist die Gemeinschaft.

Und je mehr Erfolg die Gemeinschaft als Ganzes erstrebt, desto wichtiger wird es für sie, ihre Produktivkräfte unablässig zu überprüfen, zu revidieren. Es ist also nicht nur angebracht, sondern von entscheidender Bedeutung, die Nutz- und Erfolglo-

sen rasch und präzise im Getriebe zu lokalisieren und aus dem Arbeitsprozess auszugliedern, da sie dem Produktionsablauf nur hinderlich sind, nicht anderes als schlecht drehende Achsen, als lotternde Halterungen, als Räder mit ungenormten Zahnkränzen in mechanischen Apparaten. Und es ist sogar Zeichen der Potenz, der Leistungsfähigkeit einer hoch entwickelten Gesellschaft, möglichst viele, möglichst alle diese menschlichen Hemmnisse, diese schadhaften und schädlichen Teile auszugliedern und auszumerzen – und sie dennoch leben zu lassen, das heisst, für ihren Unterhalt aufzukommen.

So ist mein Nichtstun ein Dienst am reibungslosen Ablauf der Ökonomie. Je weniger die Nichtsnutzigen tun, desto potenter ist die Wirtschaft. Und: Je potenter die Wirtschaft ist, desto mehr Unproduktive kann sie sich leisten. Die Anzahl der Unwerten, der Wertlosen ist somit schlechthin das Mass der wirtschaftlichen Leistungsfähigkeit.

Objektiv gesehen habe ich also nicht den geringsten Grund über mein Schicksal zu klagen, im Gegenteil: Dankbarkeit, ja Erkenntlichkeit wäre das Mindeste, was von mir zu erwarten wäre. Doch genau dazu bin ich nicht fähig. Besser: Meine Seele, meine verquer und verbogen gebaute Seele, die für meine Nutzlosigkeit verantwortlich ist und an der sich alle Produktiven und Wertvollen so lange gerieben haben, ist nicht fähig, den entsprechenden Dank zu bezeugen; ganz generell ist sie für solche Regungen und Empfindsamkeiten unbrauchbar.

Auch wenn die menschliche Arbeitsgemeinschaft mich ausgeschieden und sich optimiert hat, bin ich selbst keineswegs

von mir befreit, sondern reibe mich weiterhin an den Kanten und Scharten, an den Rissen und Verwerfungen meiner schadhaften Seele, die obendrein unablässig mein Bewusstsein, mein Denken, meinen Alltag mit allerhand tristen Stimmungen und gehässigen Regungen anfüllt. Eines halte ich mir immerhin zu Gute: Ich behellige niemanden mit diesen Gehässigkeiten. Täglich bin ich mir bewusst: Ich gehöre zu den Wertlosen, zu den Unwerten, somit zu jenen, welche die Klappe zu halten haben.

Ich habe die Klappe auch immer gehalten, und ich würde sie auch weiterhin bescheiden und in Anstand halten, wenn man mich nicht genötigt hätte, sie aufzumachen. Wenn man nicht ausgerechnet mich aufgefordert, was sage ich, herausgefordert hätte, meinen Alltag, dieses seelenhinkende Dasein öffentlich zu machen, darzulegen vor einem Publikum, vor einer Zusammenballung von besonders Wertvollen, wie sie ja seit einiger Zeit in Mode ist. Überall treffen sie sich, die Wertvollen, die Produktiven, und halten Tagungen, Konferenzen, Kongresse ab, wo sie ihre Produktivität zelebrieren und sich gegenseitig den Bauch pinseln.

Und genau da soll ich …

Ja, was in Dreiteufelsnamen erwarten sie denn? Erwarten, ja fordern sie nun plötzlich Fähigkeiten? Sie, die mir gänzliche Unfähigkeit attestiert haben? Vortragsfähigkeiten? Rhetorische Leistungen?   Powerpointpräsentationsbeamerbedienfähigkeiten? Erwarten sie gar, dass ich in meinem Namen und im Namen aller übrigen Wertlosen Dankesbezeugungen plätschern lasse, in denen sie sich alle gehörig suhlen können, bevor sie zum Apéro schreiten?

Oder wollen sie sich vielmehr heimlich ergötzen an meinem Leiden, meinem lächerlichen Alltagsleiden, an meinen Seelen-

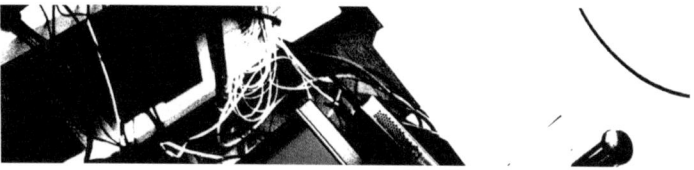

qualen, meinen Existenzqualen, wollen sie gar eine leibhaftige Probe meiner steten Übellaunigkeit; muss ich mein Innerstes, dieses dysfunktionale Seelenkonstrukt, nach aussen kehren?

Oder wollen sie, dass ich wiederum versage? Hoffen sie auf eine neue Niederlage meinerseits, eine letzte Bestätigung meiner Unbrauchbarkeit? Suchen sie einen erneuten Beweis, dass sie richtig entschieden haben? Und erwarten darüber hinaus, dass ich – abermals geschlagen und zertreten – mir meinerseits ihre selbstgefälligen Referate anhöre, deren dünnen Gehalt ich mir schon jetzt ausdenken kann?

Können sie mich denn nicht in Frieden lassen? Sie, die doch froh sein sollen, mich endlich los zu haben und nur noch als Schatten, als scheinlebendiger Schatten unter sich zu wissen?

Ich weiss, ich habe es vernommen. Schliesslich bin ich nicht taub: Sie wollen meine Erfahrungen hören, meine Erfahrungen in meinem Leben und mit meinem Leben. Ganz einfach. So sagten sie: Ganz einfach. Ungeschminkt. Ein Häppchen von meinem Leben wollen sie. Ein Häppchen als Amuse-Bouche zu ihrem Kongressfestessen.

Wenn sie also ganz einfach Aufrichtigkeit erwarten, dann Folgendes: Meine Haupterfahrung besteht in der unsäglichen Penetranz all dieser wertvollen Menschen, welche Teile und Rädchen der universalen Arbeits- und Produktionsgemeinschaft bilden, besteht in ihrer Lautstärke, mit der sie alles und jedes kommentieren, in ihrer Selbstüberzeugung, in ihrem Dünkel, ihrer lachhaften Eitelkeit. In ihrem aufgeblasenen Auftreten, in ihrem gewichtigen Daherfahren mit irgendwelchen viel zu grossen Personenwagen, 13

in ihrer modischen Allerweltkleidung, mit der sie einherschreiten, in ihrem umständlichen Platzieren von Laptops und Akten allerorten, von Mappen und Schlüsselbünden, von Schreibzeug und Brieftaschen. Ihr ganzes Wesen ist durchtränkt von einer Lächerlichkeit, mit der sie offensichtlich erfolgreich sind und sogar noch Geld verdienen, Geld, das nicht nur ihnen, sondern – ich bin es mir bewusst und wiederhole es nochmals – auch mir zu Gute kommt.

Ich weiss Bescheid. Denn ich selbst hatte mich seinerzeit – als ich noch versuchte, mich in jene Gemeinschaft der Wertvollen einzufügen – nicht entblödet, diese dümmliche Art der Existenzdarbietung zu imitieren. Ich hatte die gleichen Kleider gekauft wie sie, wie alle Anderen, hatte einen gleichen zu grossen Wagen gefahren, hatte Taschen voller Computerware herumgetragen, voller Akten und lächerlicher Handbücher. Arbeitshandbücher. Arbeitslebenshandbücher. Validenhandbücher. Ich meinte, mich ebenso geschwollen ausdrücken zu müssen, hatte von Kernkompetenz und Kalkulationsbereinigung gesprochen. Ich hatte Möbel gekauft – die immer noch bei mir herumstehen, als Strafe für meine Anmassung –, die aussehen wie die Möbel der Anderen, der Qualifizierten, der Produktionszertifizierten, Möbel, bei deren Kauf ich nie auf die Idee gekommen wäre zu fragen, ob sie mir etwa gefielen.

Heute fehlt mir das Geld, andere zu kaufen, was allerdings keinen Schaden bedeutet, denn andere würden mir ebenso wenig gefallen. Das brauchen sie auch nicht, denn in meinem Leben braucht nichts zu gefallen, insbesondere nicht, weil auch ich nicht gefalle, niemandem gefalle und, wie ich heute weiss, nie jemandem gefallen habe.

Klar ist: Ich bin Rentner. Nur: Rentner ist nicht gleich Rentner. Ich gehöre zu den Ausgeschiedenen, zu den Unbrauchbarrentnern, die sich zu ducken haben, im Gegensatz zu den Regulärrentnern. Jene sind noch penetranter als alle Anderen, ja womöglich sind sie die Allerpenetrantesten. Sie, die Legalrentner, also diejenigen, denen es vergönnt war, bis zum Abschluss ihrer Berufskarriere, das heisst ihres Berufswettlaufes, im Rennen geblieben und ordnungsgemäss erst im Norm-Alter aus dem Arbeitsprozess entsorgt und hinausgespült worden zu sein, sie sind auch nach der Berentung noch wertvoll; sie gehören zum Haufen der bis zum Ableben deklariert Wertvollen und sind entsprechend laut und geschwätzig und prahlen bei jeder Gelegenheit von ihren längst vergangen Taten als Helden der Arbeitsarmee. Trunken von ihrer ewigen Bedeutsamkeit taumeln sie durch einen endlosen Feierabend, den sie täglich zelebrieren, vierundzwanzig Stunden lang.

Selbst diejenigen, denen das Glück beschieden war, schon vor dem Konformreguläralter den Abschied zu geben, die sogenannten Frühpensionierten gehören zur Masse der alltäglichen Aufschneider und Gernegrossen. Sie posaunen, sie seien an ihrem Arbeits- und Gesellschaftsplatz derart produktiv gewesen, dass es sich ihr Verwaltungsrat habe leisten können, sie vor der Zeit, aber in Würde und mit Auszeichnung und der entsprechenden Belohnungsgratifikationbonuspension ziehen zu lassen.

Meine krumm gewachsene Seele bringt mich also dahin, all diese selbstgefälligen Wertvolltrompeter, nein, nicht zu hassen, so weit bin ich noch nicht, so weit hat mich meine nur laue Leidenschaft nicht getrieben, aber immerhin zu verachten, von Grund auf

zu verachten. Ich verachte die hohle Geschwätzigkeit all dieser Schwachköpfe rund um mich, die ihre Einbildungen breitschlagen; dabei ist es keineswegs die Kraft des Arguments, die ihnen das Recht zur geschwellten Brust und grellen Stimme gibt, sondern allein das Bewusstsein, zur Geld verdienenden Gemeinde zu gehören.

Am aufdringlichsten sind sie, wenn sie einen der unsrigen, der IRA-Unwerten vor sich wissen, einen der Globalunfähigen, Funktionslosen. Dann wird ihre Stimme noch durchdringender, noch schriller, denn unser Unwert bezeugt erst richtig ihren Wert, und verhilft zu ihrem gehörigen und verdienten Glanz, in welchem sie leuchten, ohne dabei das geringste schlechte Gewissen haben zu müssen, denn sie sind es ja, die unseren Lebensunterhalt mit ihrer überschäumenden Leistungsfähigkeit berappen.

Natürlich ist mir bewusst, dass meine klägliche und nichtswürdige Verachtung – um die sich im Übrigen niemand schert – von reinem Neid genährt wird, Neid auf die Anderen, die Wertvollen. Allerdings sind es nicht etwa ihre rohen Einkünfte, die ich ihnen vergönne, auch nicht ihr simpler Konsum an sich, obwohl auch dieser unerträglich aufsässig ist: diese endlose Parade von Drinkgläsern, Designergeschirr, Schmuckdöschen, Herrenarmbandchronometern, Megabrillanzbildschirmen, mechanisierten Sonnenundschattenliegestühlen,   Surfbrettmarkenbindungen, Video-DVD-Musikhochundtieftonhighqualityanlagen …

Ich sage: aufsässig genug.

Sie verfügen über einen Status, den sie sich täglich mit ihren Käufen bestätigen können, über den Status eines funktionstüchtigen, rastlos betriebsamen und somit paradiesberechtigten

Menschen, während wir, die Untüchtigen, zwar in den gleichen

Läden kaufen, doch uns nur mit den unmittelbar notwendigen Gebrauchsgegenständen einzudecken haben. Überschreiten wir diese unsichtbare Grenze, kaufen wir unnützen Luxus, so versündigen wir uns an den Tüchtigen, denen er ausschliesslich zugedacht ist.

Denn genau genommen haben wir Unfähigen nicht einmal ein Recht auf unsere Existenz, denn wir begründen diese nicht aus eigener Kraft. Unsere Existenz wird uns gleichwohl zugebilligt, durch die Gnade der Fähigen, ja es gehört zum Luxus der Wertvollen und Produktiven, grosszügig zu uns Unfähigen zu sein, denn auch diese Grosszügigkeit mehrt ihren Wert, mehrt ihren Glanz, und dieses strahlende, mehrwertige Selbstbewusstsein fördert wiederum ihren Leistungstrieb und damit ihre Produktivität. Früher bezeichnete man die von diesem Bewusstsein Erfüllten als Barmherzige, heute sind es die Versicherungssicherer, deren wirtschaftliche Macht es erlaubt, mehr und mehr der unsrigen zu ernähren, zu kleiden und zu behausen.

Doch schlimmer als all ihr Kaufplunder – den ich ihnen nicht neide –, viel schlimmer ist ihr stetes Pläneschmieden, schlimmer – das ist es, was ich ihnen vergönne – sind ihre Wunschvorstellungen, schlimmer ist ihre finanziell-imaginative Potenz, mit der sie sich ein illusionäres Zukunftsparadies aufbauen, eine Traumwelt, an die sie inbrünstig glauben und die wiederum ihren Wert als Wertvolle bestätigt. Sie messen sich nicht nur an ihrem Status, nicht nur an ihrer Habe, ihrem öffentlich sichtbaren Besitz, sie messen sich vielmehr noch an ihren Projekten. Ja ihre schlimmste Penetranz zeigt sich in ihren unablässigen Vorhaben, die sie mit Getöse um sich schlagen wie Dreschflegel: Geschäftspläne, Reise- und Ferienpläne, Einrichtungspläne, Heiratspläne, Vehikelan-

schaffungspläne. Ihre Welt ist in stetem Umbau begriffen; sie steckt voller Krane und Baumaschinen. Ein Lärm ohne Unterbruch durchdringt sie. Je tiefer die Gräben, je grösser die Baustellen, je umfangreicher die rohen Mauern und Gerüste, desto zufriedener sind die Wertvollen mit sich.

Hierin liegt der grosse Unterschied zwischen ihnen, den Validen, und uns den Unwerten, den Unfähigen. Wir haben kein Recht auf Träume, auf Illusionen. Wir sind aus dem hiesigen Paradies verstossen worden, schlimmer, wir haben uns – wie mein eigenes Beispiel zeigt – selbst verstossen, weil wir unsere Integration verpfuscht haben.

Dabei dienen ihnen ihre Pläne, ihre Träume nur dem einen: Sich ihres eigenen, selbsterschaffenen Lustgartens zu versichern. Sie hören edle Musik, sie lesen schöne Literatur, um am Paradies teilzuhaben, am diesseitigen Paradies, denn an ein jenseitiges glauben sie schon lange nicht mehr. Übrigens genauso wenig wie wir Unwerten, die wir in diesem paradiesischen System die Schatten zu repräsentieren haben, die Hölle – eine bequeme Hölle muss ich sagen, aber eben doch unzweifelhaft eine Hölle, wenn wir unter Hölle den Verlust aller Hoffnungen und Träume und die ausweglose Verdammnis verstehen.

Wir, die Höllenbewohner, dürfen mitten unter ihnen im Paradies leben; die Hölle hat keinen eigenen Platz mehr, denn das wäre Verschwendung. Wir dürfen die Schatten bilden, die dunklen Gestalten, die grauen Schemen, von denen sich die heiteren Bewohner Edens farbenprächtig abheben. Wir dürfen die Hölle vorleben, damit das Paradies so richtig zur Geltung kommt. Wir existieren frei – und leben doch als Verstossene. Wir tummeln uns unter den Anderen, und sind doch versteckt und versenkt.

Wir dürfen und müssen die gleichen Götter verehren, die gleichen Riten beachten, wir müssen vorgeben, die gleichen Träume zu träumen, wir, die Traumlosen, und wir tun es sogar bereitwillig, andächtig, brav, erwartungskonform. Wir verehren die gleichen Fernsehtraummaschinenprogramme, trotz der Gewissheit, nie von einer schönen TV-Prinzessin erhört zu werden, nie einen der Video-Schurken besiegen zu können, nie an die Tafel der Mächtigen gerufen, nie erlöst zu werden.

Wir existieren im Bewusstsein, dass uns eine gläserne Wand von allem trennt, was in dieser Welt Bedeutung schafft; wir verehren das gleiche Paradies mit der Gewissheit, nie darin Aufnahme finden zu können, und diese unsere hoffnungslos-verzweifelte Verehrung vervollkommnet die Glückseligkeit derjenigen, die rechtens im Elysium wohnen.

Das Amt, welches beauftragt ist, die Unwerten aufzustöbern, sie aus dem Produktionsprozess zu entfernen und ihnen anschliessend die materielle Schattenexistenz zu sichern, ist die IRA, die Invalidenrentenanstalt. Sie entrümpelt das Wirtschaftsgefüge von den unsrigen; sie ist gleichsam seine Reinigungsmaschine, und man kann ohne Übertreibung sagen, dass sie eine der wichtigsten Aufgaben in der Gesellschaft übernommen hat. Ihr Nutzen ist enorm, ihre Verantwortung ebenfalls. Denn würde sie fehlhandeln, würde sie die Falschen herauspflücken, würde sie Produktiven eine Rente zuhalten und Unproduktive an die Arbeit schicken, so wäre es nur eine Frage der Zeit, bis der ganze ökonomische Prozess zum Stillstand käme und die Gesellschaft in sich zusammenbräche.

Immer wieder wird – natürlich rein polemisch – behauptet, die Wertlosen würden von der IRA profitieren, ja würden sich gar durch sie bereichern. Das ist natürlich absurd, und schon ein oberflächlicher Blick überzeugt den Betrachter vom Gegenteil. Es sind die Anderen, die von der IRA profitieren. Zwar ist der ganze Vorgang mit hohem Aufwand und entsprechenden Kosten verbunden – das Budget der IRA ist immens –, und diese Kosten müssen von den Produktiven erarbeitet werden. Aber: Arbeiten ist leicht, Arbeiten ist die leichteste Sache der Welt. Nichts tun ist deutlich mühsamer, wie ich aus eigener Anschauung weiss. Und arbeiten, ohne dass einen die Meute der Schwachen, Komplizierten, Schwerfälligen behindert, muss noch viel einfacher sein. Die hohen Kosten zahlen sich also doppelt und dreifach aus, weil sich die Wertvollen unendlichen Ärger vom Halse schaffen. Und welches Geld ist besser investiert als dasjenige zur Verhütung von Ärger.

Bisweilen wird moniert, die IRA sei ein aufgeblähter Bürokratenapparat, dessen Kosten aus dem Ruder liefen und den man ganz einfach abschaffen sollte. Solches lese ich jedenfalls in den Zeitungen und Zeitschriften – ich besuche gehäuft Lokale, die über Literatur verfügen; Cafeteriabesuch ist günstiger als der Zeitschriftenkauf, womit ich lediglich sagen will, dass mir ökonomisches, das heisst genügsames Denken nicht fremd ist.

Aus der gleichen Sparsamkeit heraus besuche ich auch die städtischen und kantonalen Bibliotheken und habe mich eingehend mit der Frage beschäftigt. Ich konnte mich jedoch nicht für die Drohung gewisser kurzsichtiger Scharfmacher erwärmen,

welche die IRA ausdörren, das heisst die Bürokraten entlassen wollen, um die administrativen Kosten zu senken. Was würde mit den Entlassenen geschehen? Sie müssten sich alle erst in geeigneten Zentren von ihren Schrecknissen erholen und dann mit grossem Aufwand und entsprechenden Kosten in eine andere Bürokratie integriert werden, Militär oder Kultur oder Sportförderung oder dergleichen. Man kann der IRA nicht Bürokratie vorwerfen, denn die gesamte Wirtschaft besteht zum allergrössten Teil aus reinen Bürolisten – man nennt das den Dienstleistungssektor –, und die wirkliche und wahrhaftige Produktion wird nur von ganz wenigen vollbracht, von ein paar Bauern, Handwerkern und natürlich einer Handvoll von Bankern, die das nötige Investitionskapital bereitstellen. Der ganze Rest ist hochdifferenzierte Bürokratie und dient ausschliesslich der gesellschaftlichen Bequemlichkeit und der subjektiven Gewissheit möglichst vieler Menschen, produktiv und damit gottgefällig zu sein, denn der Mensch trägt auch heute noch die letzten Reste der Vorstellung in sich, nur als unablässig Schaffender würdiges Abbild und frommer Nacheiferer des allmächtigen Schöpfers zu sein.

Mag Missgunst mein Denken quälen, so bin ich doch weit davon entfernt, dieses Menschensystem in Frage zu stellen. Ich kenne kein anderes. Ich zweifle auch keinen Moment am rechtmässigen Verdienst der Wertvollen, schon gar nicht an den Einkünften der Allerwertvollsten in unserer Gesellschaft, deren Wert in jährlichen Millionen bemessen wird. Mit Recht weisen sie darauf hin, dass sie – als Fussballer, Manager, Popsängerinnen oder Starchirurgen – einen tausendfach grösseren Anteil an der gesellschaftlichen

Wertschöpfung haben als Hinz und Kunz, denn ihr Einkommen beweist es hinlänglich.

Während meiner Ausbildung hat man mir Statistik beigebracht, so dass mir geläufig ist, wie alle gesellschaftlichen Phänomene einem natürlichen oder gar göttlichen Gesetz gehorchen und normalverteilt sind, also der ebenso berühmten wie eleganten Gaussschen Glockenkurve entsprechen. Dies gilt notwendigerweise auch für Verdienst und menschlichen Wert. Unter deren weiten Glockenwölbung findet der grosse Tross der Normalen, Durchschnittlichen, Durchschnittwertigen Platz, während sich rechts die Überragenden, die Hochwertvollen versammeln und am linken Rand, im linken Schwanz der Kurve notwendigerweise die Verworfenen einfinden.

Und vollkommen einsichtig ist, dass diese Glocke schön symmetrisch und im Gleichgewicht sein muss, damit ihr gesellschaftlicher Klang harmonisch und rein erschallen soll. Solange die Auswahl links und rechts funktioniert, solange sich im wirtschaftlichen Selektionsprozess die wirklich Wertvollen rechts einfinden und die Unbrauchbaren nach links gedrängt werden, ist die Welt im Gleichgewicht und braucht sich niemand Sorgen zu machen.

Wenn ich ihnen, den Höchstwertvollen, ihre Träume neide, ist mir gleichzeitig nur zu bewusst, dass ich meinerseits von ihnen beneidet werde, beneidet um das, was ich im Überfluss besitze, bei ihnen jedoch Mangelware ist: Zeit. Allerdings ist ihr Neid wenig gerechtfertigt, und denke ich an ihn, so verzieht ein eher säuerliches Lächeln meine Lippen. Denn: Meine Zeit ist nicht identisch

22 mit der ihrigen. Zwar habe ich Zeit zum Verschwenden, doch ist

sie leer geworden. Ich kann sie nicht nutzen, weil sie nicht nutzbar ist. Zeit ist der einzige Luxus, über den wir Unwerte verfügen, ein sinnloser und unbrauchbarer Luxus, und so wie seinerzeit König Midas am Gold verhungerte, so ersticken wir Unwerte heute an der Zeit.

Die Hochwertigen halten uns regelmässig vor, was sie alles mit dieser Zeit, würde sie ihnen gehören, anzufangen verstünden. Sie vergönnen uns die Hölle, unsere Privatzeithölle. Die Zeit eines Wertlosen ist wertlos, denn unser Tun ist wertlos, egal ob wir Geschirr abwaschen, ein Buch lesen oder an der Sonne liegen. Mein An-der-Sonne-Liegen bestätigt mir und jedem, der mich beobachtet, dass ich ein wertloser Faulenzer und Nichtsnutz bin. Liegt dagegen ein Wertvoller an der Sonne, in Mallorca oder in Phuket, fährt er Ski, in Davos oder Ischgl, dann hat er ein Recht darauf, denn es ist nicht nur hart verdient, sondern von vitaler Notwendigkeit, verhilft ihm seine Rekreation doch zu erneuter Nützlichkeit. Wir Wertlosen haben keinen Anspruch auf Entspannung und Genuss – von einem nutzlosen Leben braucht man sich nicht zu erholen.

Ab und zu wird uns vorgeworfen, wir nähmen das Leben nicht ernst, wir würden uns nicht mühen; wir würden nicht um unsere Existenz kämpfen, wie es sich für jeden Menschen gehört, sondern sie in der Hängematte verplempern und vertrödeln. Das sind natürlich Scheinvorwürfe, um uns zu zwicken und zu geisseln. Kein Mensch will wirklich, dass wir kämpfen, wahrhaftig kämpfen. Denn das würden harte Kämpfe werden, Kämpfe auf Tod und Leben. Unerträglich für diejenigen, deren Kampf gesitteter verläuft. Wir würden auf der Strasse kämpfen, um unser tägliches Brot, würden mit irgendwelchen kleinen oder krummen

Geschäftchen den Vorbeieilenden auf den Füssen herumtreten oder ihnen zwischen die Beine geraten. Wir würden betteln. Wir würden auf den U-Bahn-Treppen Waren feilbieten, die niemand zu kaufen gedenkt, oder höchstens ein paar wenige, und von dem Geld würden wir Schnaps kaufen und uns betrinken. Oder wir würden uns bewaffnen. Wir würden unseren Anteil am Essen mit Zaunpfählen in den Händen aus den Warenhäusern holen.

Natürlich gibt es einige Narren und Dummköpfe unter den unsrigen, die all das nicht begriffen haben und in der Illusion leben, ihre Rente sei so etwas wie ein Lottogewinn, ihre endlose Entwertung eine Art Dauerferien – mit welcher Meinung sie die Wertvollen auch immer wieder gehörig provozieren. Sie meinen, wenn man sich einigermassen geschickt einrichte, könne man das Leben, zwar mit bescheidenen Mitteln, aber trotzdem in vollen Zügen geniessen. Vielleicht sind sie wirklich zu beneiden, diese Armen im Geiste, die wahrlich glauben, als Lebenskünstler im Himmelreich der Anderen zu wandeln. Doch im Grunde ist ihr ununterbrochener Genuss des Lebens reine Gaukelei; er ist vollkommen sinnlos und absurd und nichts anderes als plumpes Absinken auf eine Primitivstufe biederer Lustbefriedigung und tierischer Wohligkeit.

Das wäre weiter nicht schlimm, doch sind es leider genau sie, diese Unwert-Hedonisten, die jedes Wehwehchen breit schlagen und beklagen und die mit jedem noch so geringen Abweichen von diesem vermeintlichen Wohlergehen die ganze Welt behelligen und ihre Hausärzte und die einschlägigen Internetchatlokale volljammern.

Hier noch ein Wort zu den Menschen, die schon von Geburt an zu Rentnern auserkoren sind, das heisst, denen ein Haufen Geld in die Wiege geworfen worden ist. Obwohl sie – gleich wie wir – nicht von ihrer Hände oder ihres Kopfes Arbeit leben, könnte der Unterschied zu uns nicht krasser sein: Zwar verfügen auch sie über eine Unmenge an Zeit, verfügen sozusagen frei über ihre gesamte Lebenszeit, und doch käme keiner auf die Idee, ihr Tun und Lassen als unsinnig oder nutzlos zu bezeichnen.

Im Gegenteil. Die Seiten unzähliger Zeitschriften schildern ihre endlosen Freuden und sporadischen Leiden, ihre Vergnügungen und Bekanntschaften, ihre Ländereien und Immobilien, ihre Fahrhabe und Kleidung und erfüllen unendlich viele Leser mit Freude über das ihnen zuteilgewordene Glück. Obwohl Rentner, gehören sie zu den Allerhöchstwertvollen, denn sie leben die Träume der Normalwertvollen, die gezwungen sind, ihr Lebtag morgens aufzustehen und an die Arbeit zu gehen. Sie personifizieren eine märchenhafte Welt, und es erschiene jedermann albern, wenn eine Fürstentochter in einer Imbissbude Hamburger verkaufen würde; sie würde ein Sakrileg begehen und liesse am Verstand und an der Erziehung ihrer ganzen Sippe zweifeln.

Der Gegensatz zwischen uns und den Geburtsrentnern sticht ins Auge: Unser Einkommen finanziert die IRA, das ihrige entstammt aus den Privatschatullen adeliger oder neureicher Ahnen. Nur die wenigen noch bestehenden Königshäuser alimentieren sich aus Steuern, also aus Abgaben des gesamten Volkes, was ja oberflächlich gesehen nicht viel anders ist als bei uns. Doch diese Königssippenglieder tragen eine schwere Last: Sie haben sich unablässig als Gekrönte und somit Hochwertvolle darzustellen. Sie haben nicht nur das Recht, sondern vielmehr die Dienstpflicht,

25

sich als Bewohner eines Garten Edens zu präsentieren und somit fotogen und telegen zu sein. Es ist ihnen – im Gegensatz zu uns – verboten, sich ausser Haus mit verschlafenem Antlitz und in zerknülltem, schlecht sitzendem Trainingsanzug zu zeigen; aus diesem Grund werden sie von den sogenannten Paparazzi – einer Art Medienpolizei zur Überwachung des Erb- und Geldadels – regelmässig zu Anstand und Gesittung ermahnt.

Man stelle sich umgekehrt vor, es würde den Illustrierten und den Gratiszeitungen einfallen, ihre Seiten mit den Vergnügungen der Unwerten, also unserer Sorte von Rentnern zu füllen. Mit unseren Spässchen, unseren verstohlenen Drinks an der Bar, unserem verdrückten Sektknallen an Silvester. Ein trister Anblick wäre das, denn uns ist das gehörige Selbstbewusstsein längst abhandengekommen, genauso wie die Lust am Leben, die uns Schattenexistenzen fotogen machen könnte. Unser Dasein ist nicht abzubilden, nicht darzustellen; unsere Existenz ist nicht objektivierbar. Unsere Funktion ist die Nicht-Repräsentation; wir stellen die Leere dar.

Sollte sich einer der unsrigen trotzdem einmal abbilden lassen oder gar öffentlich auftreten, im Fernsehen oder in einer Illustrierten, dann muss er das als Leidender, als Gescheiterter, Unglücklicher tun, denn wehe, er hätte die Frechheit, herausgeputzt, geschniegelt, mit Gel im Haar und neben einem Lancia-Coupé aufzutreten – die Kleider würden ihm vom Leibe gerissen und er würde schrecklich verprügelt. Aber nichts dergleichen geschieht, denn wir Wertlosen spielen unsere Rolle ausgesprochen gut, so dass die Gesellschaft im Ganzen nicht wenig stolz darauf sein darf.

Es gibt – kein Wunder – unter den unsrigen jede Menge von Künstlern. Sie werden gemeinhin als verkannte Genies bezeichnet und pflegen die Fiktion, dass ihre Genialität sie dereinst einmal – in einer unbestimmten Zukunft, ja womöglich erst nach ihrem Tod – berühmt machen wird, wie es ja in der Menschheitsgeschichte einige versprengte Exempel geben soll. Und: Sie würden dann eben nicht nur berühmt, sondern plötzlich auch wertvoll, sie würden also eines Tages mit einem gewaltigen Sprung vom einen Schwanz der Glockenkurve zum anderen hinüber setzen. Ich vermute, dass dies keinem von ihnen je vergönnt sein wird; doch ist das auch nicht wichtig. Entscheidend ist, dass es ihnen gelingt, tief in sich die Gewissheit zu bewahren, am Banausentum der gesamten Menschheit zugrunde zu gehen. Zu ihnen gesellen sich auch die vielen brotlosen Erfinder, Musikanten, Schamanen unter uns, die verkannten Heiler, die Seelenmasseure, Karma-Rückführer, Sektengründer, Handauflegen, die früher oder später bei den unsrigen landen. Ich selbst gehöre nicht zu diesen Leuten, will auch nicht dazu gehören, und trotzdem beneide ich sie nicht wenig um ihre Naivität, die mir seit jeher abgegangen ist.

Vermutlich ist dieser Mangel ein Teil meiner Behinderung. Ich war seit jeher unfähig, mir Illusionen zu machen, denn auch ich könnte von mir als von einem verkannten Künstler sprechen, war doch mein Können, meine Kunst, als ich sie noch ausübte, perfekt. Absolut perfekt. Sie wäre immer noch perfekt, davon bin ich überzeugt. Nur ist niemand an perfekten Künsten interessiert, jedenfalls nicht an den meinigen – und nicht in dieser Welt. Überall wollte man Halbgares, das ich nicht zu liefern bereit war.

Ich beneide sie, diese berenteten Artisten, nicht nur um ihre Naivität. Sondern auch ihrer Frechheit wegen. Sie haben sich – im 27

Gegensatz zu uns Rentenunkünstlern – nicht nur ihre Träume bewahren können, sondern sie schaffen es, sich allenthalben, zum Beispiel beim simplen Bierchentrinken, als veritable Künstler auszugeben, das heisst, unter der Hand und im Vertrauen doch als Wertvolle zu gelten; entsprechend benehmen sie sich genauso laut und anmassend wie jene und erwarten von allen rund um den Stammtisch als Kunstwertvolle, Heilwertvolle, Heiligwertvolle geachtet und behandelt zu werden. Keine schlechte Taktik. Aber für mich unerreichbar. Ich habe die Romantik nicht dazu.

Manche bezeichnen uns nicht als Unwerte, sondern als aus dem Himmel Gefallene, Heruntergestürzte, als ökonomische Dekadenz, und daran ist auch etwas Wahres, wenn der Begriff nicht schon reserviert wäre von einer ganz anderen Gattung Menschen, die geradezu das Gegenteil der unsrigen darstellen: Von den Erbdekadenten, den vermögenden Dandies, die nicht brav und wohlangesehen von den Zinsen ihres Kapitals leben, sondern ihr ganzes Vermögen schamlos verprassen, von den grenzenlosen Geniessern, die ihren Lüsten, ihren Leidenschaften künstlerischen Glanz zu verleihen vermögen, deren Träume visionäre Skripts sind, die sie ins Leben und Sterben umsetzen, die de Quinceys und Byrons, die Wildes und Baudelaires, die Degas' und Lautrecs. Sie sind weit entfernt von uns. Zwar sind auch sie Verworfene, sind auch sie Höllenfahrer ohne Rettung. Doch lässt sie der kontinuierlich steigende Wert ihrer Werke wenigstens nach Niedergang und Tod zu den posthum Wertvollen hinüberschweben.

Uns Normalwertlosen kann das nicht geschehen. Nicht nur sind unsere Finanzen ungleich bescheidener, sie werden auch
28 – wie der Name des Verteilamtes schon ausdrückt –, als Renten

geliefert, nicht etwa als Vermögen. Die strikte Kontrolle der IRA verhindert das Aus-dem-Ruder-Laufen des Ganzen. Dass aus den unsrigen einige hitzige Gemüter ausscheren und sich wie eitle Neudekadente und arrogante Pseudodandies aufspielen, ist allgemein bekannt und wohl auch nicht zu verhindern. Die einschlägigen Stellen - Sozialämter, Beistände – geben sich alle Mühe zu verhindern, dass die pomadisierten Edeljunkies ihre Rente in Gras und Schnee verpulvern.

So ist unser unauffälliges Einherschleichen programmiert. Unser Licht brennt auf Sparflamme, und doch ist unsere bescheidene Existenz wiederum meilenweit entfernt von der asketischen Glut eines Nietzsche oder Kierkegaard, von der edlen Versagung eines Schopenhauer, die schliesslich auch Rentner waren. Denn sie schufen aus ihrem Dasein eine kontemplative Kunst und setzten sich ohne falsche Scham und Zweifel an die Spitze der Wertvollen, um ausschliesslich den hochgeistigen Fährnissen ihrer Existenz, den höheren Sinngebungen zu frönen und ihre leidende Empfindsamkeit ein Leben lang in philosophischen Traktaten über die Menschheit zu giessen.

Wir aber, das zerstreute Heer der Neugefallenen, der Anonymdekadenten, wir sind graue Einzelmasse, untätig, unbedeutend, unfroh. Andererseits ist uns wenigstens zugute zu halten, dass wir die Anderen nicht mit unnützen Produkten behelligen, nicht Schöpfertum vorgeben, wo sich nichts als Langeweile breit macht. So hat unsere Art der Dekadenz, unsere gänzliche Unproduktivität den grossen Vorteil, dass wir den Anderen zwar höchst ärgerlich sind, sie indes nicht in Versuchung geraten, an ihrer eigenen Existenzwahl zu zweifeln. Mein Denken, meine Rede hat keinerlei Bedeutung, mein Tun ist Nichtstun und mein Nichtstun

ist nur anstössig, ist nur Niederlage und Schande, nichts weiter. Ich schaffe mir damit auch keine Feinde wie jene berenteten Spitzendenker. Ich stehe höchstens dann und wann – im Bus oder im Einkaufszentrum – einem Anderen im Wege, werde also ab und zu angefaucht, aber eine richtige Feindschaft ist das noch lange nicht.

Natürlich könnte ich es mir einfacher, ein ganz wenig einfacher machen. Entsprechender Rat ist überall feil, zum Beispiel in einschlägigen Kneipen, in denen unsereiner ab und zu verkehrt, Kneipen, die nicht einmal günstiger als die anderen sind, denn auch ihre Wirte wissen, dass wir uns – wenn auch nur knapp – den normalen Bierpreis leisten können, so dass sie uns nicht mit tieferen Angeboten zu ködern brauchen. Abgesehen davon wollen sie auch nicht riskieren, dass zu viele der unsrigen zusammenhocken: Die Anderen, die Normalwertigen würden einen Bogen nicht nur um unseren Tisch, sondern gar ums Lokal machen. Denn allzu nahe will man uns doch nicht kommen, auch wenn wir im Allgemeinen sauber gekleidet sind und auch nicht streng riechen.

An diesen Stammtischen wird mir ab und zu vorgerechnet, auch ich hätte angesichts der hohen Bierkosten durchaus das moralische Recht, mich schadlos zu halten, das heisst, mir da und dort ein Zubrot – schwarz natürlich – unter den Nagel zu reissen; ich brauche mir ja nur die weit höheren Einkünfte der Wertvollen vor Augen zu halten. Denn gerade jene Regulärsalarierten seien Meister im steten Aufstöbern neuer Methoden, Schlitzohrigkeit und Würde zu paaren. Ich meinerseits bin da zurückhaltender.

Mir würde auf Grund meiner generellen Seelenquerlage auch das nicht gelingen. Hinzu kommt, dass ich …

Ich kann keine Rechte aus meinem Zustand ableiten. Auch keine moralischen. Ich habe nie verstanden, wie man überhaupt Rechte aus irgendetwas ableiten kann. Insbesondere moralische Rechte. Und schon gar nicht Versicherungsrechte wie in meinem Falle. Ich habe Versicherungen überhaupt noch nie verstanden. Vom theoretischen oder mathematischen, statistischen Gesichtspunkt her schon. Rechtlich nicht. Existentiell auch nicht. Und so ist nach meinem Verständnis meine Rente kein Recht, sondern eine Gnade der Wertvollen, eine Gunst der Mächtigen, die sie sich in ihrer Hochwürde leisten, die mir aber jederzeit wieder entzogen werden kann.

Meiner Ansicht nach gehören wir Unwerte zu den Rechtlosen, den Vogelfreien. Zu den gnädig Geduldeten, die aber auch wieder, wenn die Zeiten sich ändern, in die Wälder getrieben oder ins Boot gesteckt und den Fluss hinuntergeschwemmt werden können. Natürlich traue ich mich nicht, solches öffentlich zu bekennen, ich würde doppelt gesteinigt, sowohl von den anderen Wertlosen, als auch von den Rechtschaffenen.

Mir scheint, dass all die Rechte, von denen die Menschen sprechen, im Wesentlichen zu den Glaubensfragen gehören, von denen ich ebenfalls nichts verstehe. Auch dahinter steckt nicht etwa böser Wille, sondern vielmehr ein Defekt meinerseits: Die generelle Unfähigkeit zu glauben, und zwar nicht etwa nur an ein Jenseits, sondern genauso an die Gesamtheit des Diesseitigen. An die Bedingungen, Regeln, Gepflogenheiten der Welt im

Allgemeinen. Aus meiner Perspektive sind bürgerliche Rechte reine Phantasieprodukte, kollektive Überzeugungen, an die sich die Menschen klammern, vermutlich um ihre Ängste zu bannen – Genaueres weiss ich nicht, weil ich mich nicht in die Rechtgläubigen zu versetzen vermag. Ich jedenfalls habe in dieser Hinsicht trotz meines Unglaubens keine Ängste. Wenn mich Furcht packt, dann ist es die Angst vor einem Zusammenbrechen der Ordnungen in dieser Welt. Aber auch hier: Ich habe kein Recht auf Ordnung, so wie ich kein Recht auf physikalische Gesetzmässigkeiten habe. Ich habe kein Recht auf den Aufgang der Sonne im Osten und deren Untergang im Westen. Genau so wenig habe ich ein Recht auf meine Rente.

Auch dies ist einer der Gründe, warum mir die allermeisten Menschen derart auf die Nerven gehen. Sie wähnen, mit allem und jedem Recht zu haben. Sie kennen nichts anderes als ihr Recht. Sie reden über nichts anderes als über ihre Rechte. Sie haben Recht, einen Toyota zu fahren; sie haben Recht, Schnittlauch an den Salat zu geben, sie haben Recht, für oder gegen Atomkraftwerke zu sein; sie haben Recht, Schlafmittel zu nehmen, sie haben Recht, vor Schlafmitteln zu warnen. Sie haben immer Recht, und dieses dauernde Rechthaben nennen sie bürgerlich; sie haben Recht, in furchtbaren Trainingsanzügen und mit zwei Stöcken durch den Wald zu staksen und mich Stocklosen herausfordernd anzustarren, denn zu den bürgerlichen Rechten gehört auch das stumm-penetrante Durchsetzen des Rechts, und sei es, die allernatürlichste Fortbewegungsart der menschlichen Spezies, das seit prähistorischen Zeiten freie aufrechte Gehen zu modifizieren – mit Stöcken! – und ihrer bürgerlichen Rechthaberei anzupassen. Sie nerven, und in ihrem Nerven wissen sie, dass sie Recht haben. Dass sie das Recht haben, alle jene

mit grimmigem Gesicht und bösem Blick zu bedrohen und betäuben, die ihnen ihr Recht nicht stündlich und minütlich mit einem diskreten Kopfnicken bestätigen.

Wenn aber die unsrigen gleichfalls Recht einfordern, so sind sie – meiner Ansicht oder meinem Defekt nach – im Unrecht; sie haben nie Recht, sondern imitieren einfach die Anderen, die immer Recht haben. Denn das Recht ist an den Wert und die bürgerliche Stärke gebunden.

Wir Unrechte, Rechtlose, Unwerte dürfen nicht einmal darauf hoffen, im Jenseits einen Wert zurückzuerhalten, denn wenn wir hienieden versagt und uns produktionsinkompatibel gezeigt haben, so wird es im Jenseits nicht anders aussehen: Sicherlich wird es für die paradiesischen Chöre verschiedene Rangstufen oder Rangpodeste geben, doch ohne Zweifel werden diese den Wertvollen vorbehalten sein. Und sollten es wider Erwarten einige unter uns Wertlosen auf irgendwelchen Schleich- oder Krummwegen in die himmlischen Sphären schaffen, werden mit Sicherheit die hintersten und untersten, verstecktesten Balken für sie reserviert sein. Ein Gedränge wird da herrschen wie in einer überfüllten U-Bahn. Mit dieser Platzierung ist immerhin gewährleistet, dass die zittrigen, unebenen, krächzenden Stimmen der Unwerten vom vollen, breiten, lauten Wohlklang der Starken und Erfolgreichen übertönt werden. Die unsrigen werden also auch dort nicht unangenehm auffallen oder gar die ewige Harmonie, den himmlischen Sound durchbrechen, und die wahrhaft Begnadeten und Gesitteten werden sich unseretwegen nicht für das Menschengeschlecht schämen müssen.

33

Was im Speziellen meine Person betrifft, so steht fest, dass ich nach meinem Ableben, respektive am jüngsten Tag nicht mit einer solchen Nachlässigkeit der Entscheidungsinstanzen rechnen kann. Mich wird es sicherlich nicht ins jenseitige Paradies verschlagen. Ich muss aber auch eingestehen, dass ich nicht die geringste Lust dazu verspüre. Festzuhalten ist hier: Mir sind jegliche Ambitionen fremd, in Sicht- und Rufweite jener Wichtigtuer und Rechthaber, jener endgültig Wertzertifizierten meine Ewigkeit zu verbringen.

Ich werde auch im Jenseits zu den Höllenvölkern gehören und regelmässig von den Teufeln gezwickt werden, genau wie im jetzigen Leben. Nach meiner Vorstellung sieht es im Jenseits gar nicht viel anders aus als hier. Und möglicherweise halten sich dort bereits so viele der unsrigen auf, dass die paar Teufel, von denen in den biblischen Schriften berichtet wird, zum Zwicken gar nicht ausreichen und man im Turnus wertvolle Paradiesbewohner mit ihren Walking-Stöcken abkommandieren wird, um beim Hauen und Stechen auszuhelfen.

Sie nerven, und ich kann sie doch nicht hassen, oder nicht mehr als mich selbst. Ich war genauso wie sie, oder besser: Ich meinte, so werden zu müssen wie sie. So denken zu müssen wie sie. So handeln zu müssen wie sie. Die gleichen Ideale, Ziele, Pläne haben zu müssen, das gleiche Konto auf der Bank, die gleiche Uhr am Handgelenk, den gleichen Wein trinken zu müssen wie sie. Wenn ich sie also verachte, dann verachte ich nicht sie, sondern mich in ihnen.

Zweitens

Nach aussen bewahre ich Haltung. Bleibe cool. Sitze vor meinem Computer und spiele irgendeinen Ego-Shooter wie Crysis, Command & Conquer oder Rise and Fall – oder Spider Solitaire, wenn ich es ruhig haben will. An sich hätte ich es immer ruhig, wenn nicht gerade der Nachbar die Toilette spült, denn Wasser und Schall gehen durch meine Wohnung, immerhin nicht der Gestank. Oder nur selten; dann kommt das von meiner Gefängniswelt. Reizentzug nennt sich das: Dabei werden die Sinne hochempfindlich. Seit ich zu den Nichtarbeitern gehöre, hat sich meine Nase kontinuierlich verfeinert, so wie die Hände eines untätigen Bauern dünnhäutig werden. Akustisch genau gleich. Ich höre die Nachbarn und ihr Herumtrampeln, ihr Kochen, ihr beflissenes Staubsaugen, ihre Streitereien. Meine Wohnung ist bescheiden und entsprechend hellhörig. Opponieren geht nicht und überhören geht auch nicht. So bleibt nur eines: Ärgern. Ich ärgere mich. Häufig. Wenigstens nicht immer. Der Ärger, der zeitweilige Ärger über meine Nachbarn ist meine letzte Leidenschaft.

Aus den erwähnten Empfindlichkeiten koche ich nur selten und ziehe in der Regel Kaltes vor. Es stinkt nicht. Oder nur wenig, denn ganz wenig stinkt es auch, wenn ich zum Beispiel Käse esse oder Apfelmus aus der Dose. Ich rieche alles, und ich rieche es lang, den halben Nachmittag lang rieche ich irgendwelche Mittagsmahlzeitengerüche und muss deswegen aus der Wohnung fliehen, rieche Treppenhausdüfte, Strassendunst, Abgase, Kloaken. Wer mir vorhält, ich halluziniere, soll das beweisen. Ich rieche feinste Partikel, ja einzelne Moleküle, ganz einfach, weil mir die Welt nichts anderes mehr bieten kann als ihre unzähligen Ausdünstungen, weil ich mir selbst nichts anderes zu bieten habe als meine eigenen Dünste. 39

Es würde mich nicht wundern, wenn ich – ganz langsam – an diesen Ausdünstungen zugrunde gehe. Früher verlief das wohl viel rascher. Früher froren die Menschen und soffen und soffen sich zu Tode. Ich brauche mich nicht zu betrinken, meine Wohnung ist warm, ich brauche nicht einmal meinen Niedergang zu beschleunigen. Vermutlich kann ich ihn nicht einmal beschleunigen; ich habe das Zeug nicht dazu, weder zu Drogen noch zu anderen Lastern.

Wahrscheinlicher ist allerdings, dass ich, wie die meisten der unsrigen, der normgrauen Schattengestalten, an der Zeit zugrunde gehe. An der leeren Zeit, über die wir massenweise verfügen. Da man uns diese – fälschlicherweise als frei bezeichnete – Zeit missgönnt, wird sie uns von professionellen Unwertenbetreuern – Sozialarbeitern, Case-Managerinnen, Fürsorgebeamten, Ergotherapeutinnen, Wohlfahrtstrainern – mit diversen Tricks parzelliert und beackert.

Sie nennen es: Eine Tagesstruktur vermitteln. Mit diesem Tagesstrukturvermitteln verfolgen sie zwei Ziele: Vordergründig propagieren sie, unserer Zeit einen Sinn zu geben. Hauptsächlich besteht dieser Sinn in einer supponierten Arbeit. In einer Scheinarbeit, einer Grauimitation ihres Tätigkeitsglanzes. Hintergründig aber sorgen sie ganz einfach dafür, dass es uns in unserer Hölle nicht am Ende noch wohl werden könnte; sie versuchen uns auf jede erdenkliche Art und Weise auf Trab zu bringen, Gesundheitsprogramme abzuwickeln, den Haushalt möglichst aufwendig in Ordnung zu halten, regelmässig Ämter aufzusuchen und dort tagelang zu warten, unsinnige Ziele zu formulieren, sie möglichst

umständlich anzustreben und nie zu erreichen. Fremdsprachen sollten wir lernen, die keiner der unsrigen braucht, oder Töpfern und Korbflechten, Zenpfeilundbogenschiessen oder Kneippwasserwatschelnundmeditieren oder an der Seele herumbasteln.

Für mich ist Tagesstruktur ein Reizwort. Es ist eine der Keulen, welche die wertvollen Übermenschen bei jeder Gelegenheit auf uns niedersausen lassen. Letztlich dient es der regelmässigen Quälerei unsereiner, die wir aus der Struktur der Gesellschaft gefallen sind. Selbstverständlich: Sie, die Wertvollen, sie alle haben eine Tagesstruktur: die Wecker-beruhigen-Zähne-putzen-zur-Arbeit-fahren-einstempeln-arbeiten-Kaffeepause-einlegen-nochmals-arbeiten-ausstempeln-mittagessen-nachmittags-einstempeln-halb-arbeiten-halb-plaudern-Kaffee-trinken-mich-über-die-Tagesstruktur-belehren-ausstempeln-Fitness-Programm-abspulen-vor-dem-Fernseher-schlafen-und-ins-Bett-wechseln-und-schlafen-und-am-Sonntag-beischlafen-und-im-Sommer-in-die-Ferien-fliegen-Tages-Struktur-Wochen-Struktur-Jahres-Struktur-Lebens-Struktur.

Mir, ausgerechnet mir Struktur beibringen zu wollen, ist reiner Zynismus, reine Bösartigkeit. Bösartigkeit der Wertvollen, die sich alles leisten zu können vermeinen. Auch hier pochen sie auf ihr Recht und versuchen, es auf jede erdenkliche Art durchzusetzen. Mich wollen sie belehren, mich, der ich der strukturierteste Mensch bin, dessen Denken seit jeher, seit frühester Kindheit eine ungewöhnlich starke Struktur kennt, mich, der ich diese Struktur geschult habe, mich, der ich mich in EDV-Programmierung, Netzwerkbau, Datenbankplanung und Systemorganisation ausgebildet habe, jahrelang ausgebildet habe, der die komplexesten Strukturen mit Leichtigkeit durchblicken kann, ausgerechnet

mir wollen sie ihre lächerlichen Oberflächlichkeiten weismachen. Es wird ihnen nicht gelingen. Ich werde mich nie ihrer Struktur anpassen, denn ihre Struktur ist nicht die meinige. Meine Strukturen, strukturierter als die ihrigen, wollten sie nicht annehmen, damals, als ich sie ihnen anbot, und so bin ich heute meinerseits nicht im Geringsten bereit, ihre lächerlichen Unterweisungen ernst zu nehmen.

Geregeltes Abwaschen? Fingernägelschneiden stets am selben Wochentag? Morgenturnen um sieben Uhr fünfzehn? Das würde ihnen passen. Damit hätten sie sich durchgesetzt. Damit hätten sie ihren Sieg in meine Seele gebrannt.

Es wird ihnen nicht gelingen. Es wird ihnen nie gelingen, denn ich widersetze mich; ich widersetze mich genau hier, in meinem Lebensalltag, meinem Seelenalltag, und genau mit dem Mittel, das sie selbst als ihre grösste Errungenschaft preisen: mit Fernsehen.

Ich schaue fern. Wie alle Unwerten schaue ich fern, stundenlang, tagelang, nächtelang, und halte mich keineswegs an das Programm, an die vorgegebenen Fernsehzeiten, sondern zappe mich durch Bilder und Gerede, durch Filme und Nachrichten, durch Diskussionen und Belehrungen, durch Kindermärchen und Altersturnen, durch Werbung und Werbung. Ungesund, ich weiss, aber mein Leben ist ohnehin nicht gesund, wozu um Himmelswillen soll das Fernsehen gesund sein.

Klar: Ich könnte mich genauso gut täglich und nächtlich volllaufen lassen, doch habe ich, wie erwähnt, nicht die entsprechende Konstitution und zudem nicht die Finanzen. Fernsehen ist billiger. Die massigen Kommunikationsmittel dienen der Unterhaltung, und Unterhaltung ist nichts anderes als permanente Ver-

mittlung der gesellschaftlichen Werte: Spielfilme, Blödelkomödien, politische und andere belehrende Sendungen, natürlich auch die Werbung, die das Gleiche in ästhetischerer Form liefert. Hier sind wir mit allen Anderen verbunden: in der abendlichen Einkehr, im abendlichen Zelebrieren der gemeinsamen Werte vor dem audiovisuellen Hausaltar. Hier allein sind wir eine wirkliche und wahre Massengemeinschaft, hier sind wir alle miteinander verbunden, hier können wir Massenmensch sein und trotzdem unser Bier allein und in Ruhe trinken.

Sucht? Zweifellos ist das eine Sucht, was denn sonst. Man kann mich ohne weiteres als fernsehsüchtig bezeichnen, dies nicht nur wegen der schieren Dauer meines Fernsehkonsums, sondern weil ich auch meine basalen Bedürfnisse durch die Television befriedige: Ich esse und trinke vor dem Fernseher, schlafe vor dem Fernseher, kleide und entkleide mich vor dem Fernseher. Ich träume vor und mit dem Fernseher, denn das Fernsehen verbindet nicht nur die Werten mit den Unwerten, es bringt auch all unsere Träume in Einklang – mit dem einzigen Unterschied, dass die Werten auf deren Erfüllung hoffen dürfen, während wir, die Unwerten, diese Hoffnung längst haben fahren lassen müssen.

Und gerade dieses Bewusstsein, dass die Träume nie wahr werden können, weil wir nicht in der Gnade stehen, zwingt uns, diese Werte noch mehr als die Wertvollen zu verehren, noch inbrünstiger als sie – wenn auch nur aus der Ferne – anzubeten. Ein unhörbares Wehklagen geht durch uns. Wir sind die Verworfenen, die aus dem Inferno, aus den Untergründen die gelobten Wertparadiese noch erblicken, aber nie erreichen können, und diese Sicht, diese Fernsehsicht ist unsere besondere Strafe, die wir auch willig auf uns zu nehmen bereit sind. Es ist also nicht etwa

43

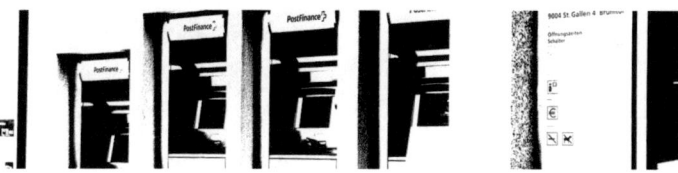

so, dass wir aus dem Wertsystem Geworfenen all diese Werte bezweifeln oder gar verachten, wie jener Schächer am Kreuze noch die ewigen Mächte gehöhnt und geleugnet hat. Im Gegenteil. Wir hängen noch gläubiger an den Lippen der vielen televisionären Ansagerinnen, Vorsagerinnen, Vorbeterinnen, Showmaster, Quizmoderatoren, Politikvermittler.

Ab und zu gelingt es mir sogar – bei einiger Anstrengung und unter bewusstem Aufplustern meiner Emotionen –, mit Hilfe des Fernsehens die üblichen geistigen und vor allem triebhaften Empfindungen des regulären Menschen zu erleben: Ich kann mich bei den stets gleichen Unheilsnachrichten in die allgemein übliche Wut steigern; ich kann abgrundtiefes Mitleid haben über all das Elend, das mir täglich proper aufbereitet und stündlich serviert wird und dem gegenüber sich mein eigenes Kreuz elysisch ausnimmt. Vor allem aber kann ich mich unbegrenzte Zeit lang an den vielen Erotika aufgeilen und befriedigen, nein, befriedigen wäre übertrieben, weit übertrieben, ich kann meinen sexuellen Drang, meinen stets unbefriedigten sexuellen Drang auf ein alltag- und allnachterträgliches Niveau herunterholen.

Natürlich ist auch das nichts anderes als eine Sucht, die Fernsehmasturbationssucht, die ich mit vielen Anderen, auch mit Wertvollen, teile. Der Unterschied ist derselbe: Während sich die Wertvollen der Illusion hingeben können, dermaleinst genauso einer Bildschirmfrau zu begegnen und sich mit ihr zu liieren, ist es unsereinem täglich und stündlich bewusst, nie so weit zu gelangen. Bei uns ist der Sexualtrieb nicht nur von der Fortpflanzung geschieden, sondern radikal auch vom anderen Geschlecht. Von den Frauen. Keine Frau, keine vernünftige Frau interessiert sich für einen der unsrigen. Wie sollte sie auch. Wir haben nichts zu

bieten. Eine sichere Rente, gewiss, aber wer will denn schon damit Staat machen. Wir haben nichts zu bieten, keine Zukunft, wir haben versagt, wir sind nicht traumkompatibel. Oder hat schon je in einem Kontaktinserat gestanden, ein rentengesicherter Vierziger suche eine wunderschöne Prinzessin, die …

Fernsehsex ist zwar aufreizend, aber nicht besonders leidenschaftlich, wie mir durchaus bewusst ist. Ins Puff gehen ist allerdings ebenso wenig leidenschaftlich, ausser man ist aus härterem Holz geschnitzt und eine Ausnahmeerscheinung wie der noble Gattopardo. Aber davon bin ich weit entfernt, genau so weit, wie mein Renteneinkommen von den Auslagen, die mit Freudenhäusern verbunden sind. Ja, nur schon aus finanziellen Gründen sind wir auf diese virtuelle TV-Wertvermittlung angewiesen. Ich kann mein Geschlecht zu jeder Stunde wenn nicht befriedigen, so immerhin beruhigen, zu jeder späten Stunde, bin dadurch auch nicht auf die Gunst einer wechselwindigen Partnerin angewiesen. Natürlich sind die Frauen im TV gleich aufsässig und anmassend wie alle anderen Wertvollen, aber die Maschine, der Fernseher selbst ist es nicht; er ist mein diskretestes Gegenüber, er ist die höchste Errungenschaft des Menschen seit dem Faustkeil und die grösste Erlösung von der unerträglichen menschlichen Zudringlichkeit. Ich befriedige seit langem meinen Sex ausschliesslich - fast ausschliesslich - durch und vor dem Fernseher, und wenn der Fernseher nicht reicht, so existiert noch der Internetbildschirm.

Meine Tagesstruktur beginnt nachts um zwei Uhr. Dann wechsle ich vom Sofa ins Bett und versuche, mich all den Hirngespinsten, welche die Existenz mir zugedacht hat, für Stunden oder Minuten

oder Minutenbruchteile zu entwinden. Der schlechte und unzählige Male unterbrochene Schlaf – nicht zuletzt von den Bettgeräuschen der Nachbarn unterbrochen – wird tagsüber mit Dösereien nachgeholt.

Wenn ich mich doch einmal vom Fernseher hochreisse, ans Fenster trete, auf die Strasse blicke, wenn irgendein Trieb in mir durchbricht, ein Sehnsuchtstrieb, ein Phantasietrieb, ein Fraueneroberungstrieb, wenn ich mich verliebe in ein Schönheit, die da draussen zur Arbeit eilt, wenn ich sie jeden Morgen um die gleiche Zeit mit meinen Augen verfolge, wenn es mich schliesslich irgendwann packt, vollkommen packt, an irgendeinem Frühlingstag, wenn mich die Frau von der Strasse packt, geistig packt, seelisch packt, die Frau von der Strasse …

Ich nenne sie so, wie sie wirklich heisst, weiss ich nicht. Sie ist schön, eine Schönheit, und ich verliebe mich in sie …

In meinem Stand ist sie mir unerreichbar. Und trotzdem verfolge ich sie. Ich verfolge sie stundenlang, tagelang, wochenlang, ich weiss nicht, wie lange. Nein, nicht ich verfolge sie; sie ist es, die mich verfolgt, in meinen Träumen, tagsüber und nachts. Sie reizt mich, mit ihren Reizen, mit ihrer Schönheit, mit ihren Blicken – die ich mir unablässig imaginiere. Mit ihrem Körper, den ich morgens von meinem Fenster aus verfolge, dessen Garderobe ich auswendig kenne. Ja, ich verfolge sie mit meinen Blicken, die sie verschlingen, sie aufsaugen, die sie von der Strasse heben, hinauf zu mir und in mein Herz.

Undenkbar, sie anzusprechen. Undenkbar, sie zu belästigen, auch wenn ich sie schon verfolgt habe, nicht nur mit meinen Blicken, sondern physisch verfolgt habe. Erst kürzlich, der Atem

stockte, als sie eine neues Kleid trug, grün, mit weitem Kragen,

eine grüne Handtasche, eine kecke weisse Mütze dazu, passend zum grünen Frühling mit den Maiglöckchen. Ich halte nichts von Blumen, aber diese Blume im grünen Kleid liess mich alle Vorsicht, alle Hemmungen fahren, ich rannte in den Flur, sprang in meine Schuhe, riss die Jacke vom Ständer und stürzte die Treppe hinunter und auf die Strasse hinaus. Nein, ich verfolgte sie nicht, das kann man nicht als Verfolgen bezeichnen; ich bin kein Stalker, weit entfernt, das Gegenteil ist wahr.

Nur wenige Schritte folgte ich ihr, von weitem, und das Abbrechen und Umkehren wurde unendlich schwer für mich; ein Schmerz in meinen Eingeweiden, in meinem Herzen. Mehrere Tage lang war ich unfähig zu irgendeiner Aktion, ging nicht einmal das Notwendigste einkaufen, schlich mich nicht einmal ans Fenster.

Dann wieder auf die Strasse, und wieder folgte ich ihr, der schönen Fee, die ich nur von weitem sehen konnte, und wieder Absturz und Niederlage und innere Vernichtung. Dann aber, ich studierte stundenlang an ihr herum, sie ging nicht aus dem Kopf, dann aber machte ich mich auf, ich machte mich auf und ging vor ihr auf die Strasse, ging ihren Weg, vor ihr, stellte mich irgendwohin, nein ich schritt in eine andere Richtung, nein, zurück, suchte die Strasse ab, sah sie von weitem, wechselte die Seite, ging quer, ich weiss nicht mehr.

Wenn ich das alles durchgespielt habe, so endet das – wie sich jedermann schon zum vornherein ausdenken kann – in: nichts. Nichts geschieht, ich werfe mich nicht vor ihr auf die Knie, ich kaufe keine Rosen, ich … Nichts. Ich stecke die Niederlage ein, wie ich in meinem Leben jede Niederlage eingesteckt habe. Schweigend. Mit gesenktem Kopf.

So bin ich erneut auf mein Hasswort zurückgeworfen. Auf die Tagesstruktur. All die Leute, die diese üble Vokabel in den Mund nehmen, haben keine Ahnung, wovon sie reden. Schlimmer, sie reden von der baren Hölle und wissen es nicht. Sie glauben, durch die reine Tagesstruktur etwas gewonnen zu haben. Hat der Hamster in seinem Laufrad etwas gewonnen? Ist ihm sein Laufrad Tagesstruktur? Genügt es ihm? Genügt all den Tagesstruktürlern ihre Tagesstruktur? Es bleibt mir in meiner strukturlosen Tagesstruktur nichts anderes als das grenzenlose Ausdehnen der Tätigkeiten, welche die Anderen so zwischendurch machen.

Auch die Hölle hat eine Tagesstruktur. Auch der Teufel. Und wenn ich Angst habe, wenn mich die Angst packt, wenn ich fliehen will und nicht weiss, wohin ich mich wenden soll, so ist es die Tagesstruktur der Hölle, in der ich gefangen bin.

Der Rest ist rasch erzählt. Er besteht im Zelebrieren des Inneren Dienstes. So wurde zu meiner Zeit im Militär jene abendliche Stunde nach der soldatischen Ausbildung genannt, die dem Putzen der persönlichen Gegenstände – Kleidung, Schuhe, eigener Körper – gewidmet ist. Wir Wertlosen kultivieren diesen Dienst und erheben ihn zu unserer eigentlichen Religion. Wir dehnen ihn ins Unermessliche. Für alles benötigen wir das Zehnfache an Zeit, von der wir in Hülle und Fülle besitzen. Wir Zeitreichen verfügen über die Zeit so wie die Geldreichen über Geld: mit aller gebührenden Grosszügigkeit. Wir verlieren uns im Zeitungslesen – alles Informationen über Dinge, die uns nicht betreffen, denn uns betrifft prinzipiell nichts –, wir trinken überaus lange Kaffee – unsere Kochherde kochen langsamer, unser Wasser siedet später –, wir gehen bedächtiger durch die Einkaufszentren, wiegen länger, viel länger ab, bevor wir etwas in den Korb legen; die Kas-

sierin tippt bei uns gemächlicher als bei den Anderen. Das Bügeln dauert bei mir so lange, dass sich sämtliche Kleider, die ich nicht auf mir trage, im Schlafzimmer türmen.

Gänge auf die Ämter werden zu Staatsakten – was sie in Wahrheit auch sind, doch nur wir allein schenken ihnen die zukommende Aufmerksamkeit –, deren Vorbereitung sich über Stunden, Tage, ja Wochen hinziehen kann. Bei all dem wird es bald Abend, und die Stunden der Einkehr nahen; es ruft die farbenfroh leuchtende Wertverehrungsmaschine und mit ihr rufen ihre Priester.

Von den Wertvollen wird unser Hinausziehen, unser träges Dehnen der kleinsten Lebensverrichtungen, der unwichtigsten Gänge als Schlendrian gedeutet, als Missbrauch der Zeit, die zwar allen gehört, aber nur von ihnen durch ihren Arbeitseinsatz genutzt und bezahlt wird. Im Grunde gönnt uns keiner unser aussichtsloses, nichtsnutziges Leben, unser gedrücktes, geknicktes Flanieren des Nachmittags im fahlen Schein der Sonne. Und so steckt hinter der Aufforderung zum Einhalten einer Tagesstruktur nicht zuletzt die Idee, uns Asketen der Sinnlosigkeit eine verbindliche Regel zu geben, uns gleichsam in einen virtuellen Orden einzugliedern, der überwacht und kontrolliert werden kann. Wir haben keine Chance: Wenn wir sinn- und trostlos herumpilgern, so fordert man uns auf, unserer Behinderung die Stirn zu bieten und uns mit irgendeiner Unternehmung, mit irgendeiner der unzähligen Freuden, welche die Welt zu bieten hat, das Gemüt aufzuhellen, sind wir aber heiter und oder gar übermütig, so mahnt man uns zur Bescheidung und zur uns angemessenen Nüchternheit.

Einige der unsrigen sind der festen Überzeugung, wir würden systematisch überwacht. Die Wertvollen würden uns aus Angst vor Rentenmissbrauch auf die Finger schauen – und bei Unwohlverhalten auch darauf klopfen. Natürlich ist das Unsinn. Niemand käme auf die Idee. Der Aufwand wäre viel zu gross. Und: Er ist nicht nötig. Denn wir stehen alle in der absoluten Macht der Wertvollen, der Validen. Sie sind es, die uns jederzeit den Hahn schliessen, jederzeit die Rente kürzen oder streichen können. Ohne Vorwarnung. Und ohne Grund. Ohne Fehlverhalten unsererseits. Einfach so. Wir sind ihnen auf Gedeih und Verderb ausgeliefert. Sie können uns aufmuntern, wenn ihnen danach zu Mute ist. Sie können uns zwicken, so sie gelüstet.

Natürlich gibt es Naivlinge unter den unsrigen, die darauf pochen, unsere Rente sei gesichert. Staatsgesichert. Man sei invalidenversichert gegen den eigenen Wertverlust, und wer seinen Wert verliere, habe sozialgesicherten Anspruch, das sei gesetzliches Recht und so weiter. Das ist alles blanker Unsinn. Wertlose Existenzen haben keine Rechte, und sollten sie welche haben, so kann man sie ihnen bei Gelegenheit problemlos nehmen. Nichts leichter als Gesetze ändern – vor allem, wenn sie kostspielig sind.

Nein, wir Unwerte verdanken unsere Existenz dem freien Willen der Wertvollen, ihrer Gnade, ihrer Grosszügigkeit und ihrer Grossartigkeit. Den weniger Naiven unter uns ist das bewusst, und sie zittern täglich vor Angst, ihre Rente zu verlieren. Zittern im Gedanken an den Tag, an dem feierlich verkündet wird, es sei nun zu Ende mit der Gnade und dem Segen und jeder müsse von nun an für sich selbst …

Da ich nicht besonders an meiner persönlichen und gesell-

schaftlichen Existenz hänge, leide ich selbst nicht an dieser Angst.

Meine Dankbarkeit den Wertvollen gegenüber hält sich damit auch in Grenzen. Wenn mich Ängste plagen – und es plagen mich Ängste – so sind diese viel grundsätzlicher Art: Einst setzte ich meine Hoffnung auf eine höchste Ordnung, auf eine Ordnung, die in allen Dingen, in der unbelebten und belebten Welt und auch im Menschen unabänderlich gegenwärtig ist. Eine allgemeine Ordnung, auf die ich mich verlasse, auf die jedermann sich verlassen kann. Eine Ordnung, der wir Menschen uns in unserem Tun zu beugen haben, ja ich verstand es als moralische Pflicht, dieser Ordnung nachzuleben, der perfekten Ordnung der Dinge und der Welt, und ich erwartete – damals, als ich noch Erwartungen hatte –, dass sich alle Menschen fraglos dieser Ordnung unterwürfen.

Das war falsch, und heute weiss ich, dass die Menschen unberechenbare Schwätzer sind, dass sie nur allzu bereit sind, ihre Privatordnungen bei Bedarf wie ausgetragene Kleider wegzuwerfen und gegen neue zu tauschen. Offenbar stört das auch niemanden, im Gegenteil, und so muss ich damit rechnen, dass ich allein auf diese Ordnung gesetzt habe, dass sie eine sinnlose Fiktion meiner ausgefallenen, starren, rigiden Seelenstruktur, meiner vermeintlichen Seelenordnung ist, und dass jenseits der Ordnung, wie ich sie kenne, der gähnende Abgrund, das bodenlose Chaos herrscht. Und meine Angst besteht darin, dass nicht nur meine persönliche Existenz sinnlos ist, sondern dass Existenz überhaupt sinnlos und leer ist und ziel- und endlos und unordentlich im Kreise dreht.

Ich wähnte einst, dass diese Ordnung auch eine behütende, liebevolle Ordnung ist, dass sie alles an ihren Platz setzt und dass alles und alle ihre Plätze auch behalten dürfen. Ich wähnte, dass ich im Erfüllen der Ordnung auch Anteil an der Liebe haben wür-

de und dass sich mir sogar früher oder später eine weibliche Liebe …

Ich brauche diesen kindischen Unsinn wohl nicht weiter auszubreiten, habe ich mich doch schon bis hierher allzu lächerlich gemacht; ich erwähnte ihn nur, um darzustellen, dass ich die Narrenstrafe dafür bereits erhalte, immer wieder erhalte, indem ich verfolgt werde, verfolgt von Verhöhnungen, von Lachern, die allüberall lauern und aufsteigen, zwischen Schneeflocken und Wind und Wetter, aufsteigen im Dunst eines Sommertags, im schrillen Trompeten irgendeiner schrecklichen Symphonie, die aus irgend einem Nachbarradio daherwalzt. Verfolgt von Zombies. Verfolgt von Geräuschen, die mich nichts angehen. Die aus stillen Winkeln heraus knurren und röhren, die zu Monstern heranwachsen und mich zerreissen.

Nein, ich bin nicht paranoid, noch lange nicht; ich weiss sehr genau, dass das Hirngespinste sind, Phantasien meines mittelmässigen unterbeschäftigten Geistes. Genauso gut aber weiss ich, dass die Ängste nicht unbegründet sind, denn meine Existenz gründet ihrerseits – ich wiederhole es – auf reines Wohlwollen der Starken. Und nur solange ihr Wohlwollen dauert – wer weiss wie lange noch –, werden zähnebleckende Ungeheuer im Zaume und am Zügel gehalten.

Wenn ich leide, so leide ich an der zerstörten Sehnsucht, mich an der Struktur, mich in der Textur eines allgemeinen Netzes festhalten zu können und an dieser allgemeinen, absoluten und überdauernden Ordnung mitzubauen und sie mitzutragen. In Wahrheit aber bin ich in ein Halbchaos geworfen, das sich Welt, das sich menschliche Gemeinschaft nennt, in ein Unordnungssystem, mit dem die allermeisten offensichtlich bestens zurechtkom-

men und in dem sie sich ihre Ordnungen so halbbatzig und aus dem Moment heraus zurechtzimmern.

Ja, ich habe Angst. Bisweilen fürchterliche Angst, dass eines Tages das Chaos gänzlich durchbricht, dass ich mich an gar nichts mehr halten kann, an keine Sprache, an keine Verbindungen, an keine Netze, an kein Verständnis. So ist alles, was ich tue, ein Tun-als-ob. Und mit diesem Tun-als-ob versuche ich das Chaos zu bannen. Ihm keinen Raum zu lassen. Ich spiele Normalität, vermeintlich für die Wertvollen, um nicht unangenehm aufzufallen, viel mehr aber noch um jenem Chaos, jenen Engeln des Gähnens, die sich in einem unbemerkten Moment heranschleichen wollen, keine Ritze, keinen Angriffspunkt zu bieten.

Ich wiederhole: Mir wäre nicht im Traum eingefallen, diese Zeilen zu schreiben; ich wäre bereit gewesen, dieses Leben bis an sein Ende stillschweigend zu fristen, wenn man mich nicht genötigt hätte. Genötigt hätte, an einer Tagung - an einer dieser unsäglichen Sozialtagungen - zu referieren. Als Betroffener. So heisst es im heutigen Jargon. Heutzutage lädt man Betroffene ein. Armlose, Beinlose, Mutisten, Kindheitübergriffsgeschädigte, von der Bombe Getroffene, Seelengestörte aller Art. Das macht die Tagungen authentischer. Der Thrill für die Anderen ist grösser, der Kitzel, und zudem die Erleichterung, zu den Nichtbetroffenen zu gehören.

Ich wurde eingeladen und traute mich nicht, nein zu sagen. Ich traue mich überhaupt kaum zu etwas. Ich traue mich natürlich auch nicht, hinzugehen und meine Lage breitzuschlagen. Denn das erwartet man von mir. Ein Referat. Und schlimmer, viel

schlimmer noch: Ich soll an einem dieser läppischen Workshops teilnehmen. Wer kennt sie nicht, diese Gesprächsrunden, die sich stundenlang im Kreise drehen. In jeder Gruppe eine Seelenärztin, ein Sozialarbeiter, ein Justizbeamter, ein theologisch Fundierter, eine Gleichstellungsbeauftragte – als ob irgendjemand Interesse hätte, uns gleichzustellen – und so fort, und schliesslich, am Ende, noch einen Betroffenen. Das Opferlamm. Es ist nicht nur die Scham, die mich hindert hinzugehen, nicht nur die soziale Phobie, die ich mittlerweile bestens kenne, sondern der letzte Rest einer – meiner – Menschenwürde. Wir, die Langzeitmoribunden sollen den gebotenen Kontrast zu den Wertvollen und Gesunden liefern, ich, der Passiv-Aggressive soll die Aktiv-Friedlichen unterhalten, all die guten Menschen, die ihr Geld mit Gutseinundgutestun und Verständnisanbieten verdienen, mit Rentenverteilen und -redividieren, mit Äufnen von Ressourcen und Predigen von Durchhalteparolen. Ich, ausgerechnet ich, soll sie in noch glänzenderem Licht erscheinen lassen. Das ist viel verlangt. Sehr viel. Zu viel.

Meine Selbstentblössung wird erwartet. Meine seelische Selbstumstülpung vor einer Heerschar von Vollwerten, an einer Tagung zum Thema … Ich weiss nicht was, irgendetwas Integratives. Ich werde nicht erscheinen. Dafür erscheint diese Schrift. Ich habe mich nach der Teilnehmerzahl erkundigt. Man rechnet mit hundertfünfzig. Ich werde ihnen am besagten Morgen hundertfünfzig Kopien dieser Schrift vor die Tür legen. Und ein paar Photographien meines Alltags beilegen. Mehr kann man von mir nicht erwarten. Jedenfalls nach meiner Ansicht.

Übrigens: Sollte sich jemand an meinem Stil stören, so schert mich das einen Pfifferling. Mein Stil ist stillos, wie ich selbst stillos

bin. Ich weiss, was Stillosigkeit bedeutet, Man hat mich zu dem gemacht; ich selbst habe mich zu dem gemacht. Nicht mein Stil ist stillos; ich selbst bin es. Ich bin stillos durch meine Existenz; ich war nie anders. Wer allerdings so naiv ist, dass er glaubt, unter Stil die ästhetische Zusammengehörigkeit von Esszimmertisch und Fernsehersockel zu verstehen, von Wort und Satz und Schrift, der braucht nur wie ich aus dem Rahmen zu fallen, die Arbeit und das Einkommen, den Halt der Stempeluhr und des Lohnausweises zu verlieren, um festzustellen, wie stillos er ist. Das dazu.

Dabei war ich bereits einmal an einer solchen Tagung. Eingeladen war ich, in aller Form, was aber nicht hiess, dass ich die Wahl hatte, nicht zu erscheinen, stand ich doch damals in einem Integrationsprogramm, dessen Tagesstruktur ich keineswegs selbst bestimmte. Und so wurde ich mit ein paar meinesgleichen an die Tagung abkommandiert. Ich kam mir vor wie ein roter Hund. Nicht wirklich, nicht äusserlich. Äusserlich war ich unauffällig. Das waren die Anderen auch. Unauffällige Psychosozialdienstler. Aber sobald man den Mund öffnete, war alles anders. Bei der Anmeldung. Am Stehkaffeetisch. Überall. Denn in den ersten Worten zeigte sich der krasse Unterschied. Die Anderen hatten die gewohnte Selbstverständlichkeit der mit Wert Versehenen. Über jedem Kopf leuchtete es golden, und im Goldglanz war in feinen Lettern der Wert, die Validität eingetragen. Mich selbst sah ich ja nur zwischendurch im Spiegel der Männertoilette, und da stand dumpf: IRA-Empfänger. Unwertrepräsentant.

Und erst das Gerede in den Pausen. Alle kannten sich. Erkannten sich. An ihrem Jargon. Am Jargon der gemeinsamen 55

Selbstverständlichkeit. Den ich nicht verstehe und nicht spreche. So blieb ich stumm, pausenstumm, ich und möglicherweise ein paar andere; ich habe sie mir nicht gemerkt. Ich wollte mit den meinigen auch keinen Kontakt pflegen, wollte unbedingt ein IRA-Grüppchen vermeiden. Das wäre noch unerträglicher gewesen.

Ich war ein Exot, obwohl ich doch den Vertreter ihrer täglichen Klientel darstellte. Man war freundlich zu mir. Wie zu einem kranken Kind. Überhaupt waren alle freundlich, auch zueinander; keiner wollte sich den entferntesten Anschein geben, etwa ein unfreundlicher Mensch zu sein. Heutzutage ist ohnehin alles freundlich. Darum fallen solche Existenzen, wie ich eine bin, ganz besonders aus dem Rahmen. Mir schien das Interesse an mir nicht einmal geheuchelt. Ich nehme an, dass doch eine gewisse Spannung aufflackerte, mich, sozusagen ihr Studien- und Arbeitsobjekt in dieser Tagungsambiance beobachten zu können. Es muss auch für einen Yanomami- oder Aboriginesforscher ganz spannend sein, wenn er an einer Fachtagung von Ethnologen einige Yanomami oder Aborigines trifft.

Natürlich hörte ich mir die Referate an – ich hatte ja nichts anderes zu tun. Die Berichte und Meinungen und Zukunftsvisionen, das Bedauern über die Zeitläufte, die immer grösseren Schwierigkeiten bei der Reintegration der Invalid-Gemeldeten, der Behinderten, der Schwachen, der Benachteiligten – alles wohlwollende Umschreibungen für uns Untätige und Wertlose. Man gab sich – in aller Freundlichkeit – die grösste Mühe zur korrekten Begrifflichkeit und Ideologie, und in dieser Tagungsatmosphäre riskierte es keine und keiner, uns nicht nur als Benachteiligte zu
bezeichnen, sondern als vom Glück gesegnete, weil wir in un-

serer Wertlosigkeit auch keine Pflichten zu erfüllen haben. Und niemand wagte ein Wort, ein offenes Wort, dass wir ihnen allen zumindest zeitweilig auf die Nerven gehen und ihnen die Arbeit mit uns – so einträglich sie ist – des Öftern kreuzweise zum Hals heraushängt. Niemand wagte es. Vielleicht, waren wir, die Unwerten, genau darum eingeladen worden, sozusagen als Mahnung an die regulären Tagungsteilnehmer, die sprachliche und politische Korrektheit einzuhalten.

Und wiederum passierte es mir – warum denn zum Teufel! –, dass ich kein Wort verstand. Ich verstand nicht, was die Leute sagten. Was sie wollten. Was ihre Absichten, ihre Ziele waren. Ich verstand den Sinn ihrer Rede nicht. Es hatte nichts mit all dem zu tun, was mir geläufig war. Nichts mit der Sprache eines Computers, mit der Präzision einer Rechenanweisung, mit der Eindeutigkeit der Booleschen Algebra, mit der Klarheit Aristotelischer Logik.

Es war die Rede von motivationsprozeduraler Interaktion, von therapeutischem Durchbrechen selbstinduzierter Blockaden, von Performance-Verlusten bei kulturdefizienten Migrantinnen, von gruppenorientiertem Intensivcoaching als Alternative zur unidirektionalen Standardschulung. Ich hatte Geduld und hielt bis am Abend durch. Ich hatte mich inzwischen auch an die zurückhaltende Freundlichkeit angepasst und mir beim Abschiedstrunk am Abend nur ein einziges Mal Wein einschenken lassen.

Damit keine Missverständnisse auftreten: Ich kritisiere diese Leute keineswegs. Ich anerkenne ihre Bemühungen, so wie ich sie in jener Rehabilitationsmühle anerkannt habe. Ich anerkenne ihre Freundlichkeit. Und behaupte nicht, sie sei künstlich. Und wenn ich weiss, dass alle diese Tagungsmenschen mit unsereinem Geld verdienen, so bin ich weit davon entfernt, ihnen dieses Geld zu

neiden. Sie haben ein Recht darauf. Wie alle Wertvollen. Ich gehe übrigens auch davon aus, dass ihre Freundlichkeit sie einiges kostet. An Übung, an Überwindung.

Nur: Ich verstehe sie alle nicht. Ich verstehe nicht, wie sie denken, was sie wollen. Ich verstehe nicht, was sie sagen, was sie meinen und was nicht und was sie nur vorgeben zu meinen: Was sie nur so daherreden und was sie in ihrem tiefsten Herzen empfinden oder in der verborgensten Seelenecke glauben. Hier liegt mein grundsätzlicher, von allem Ursprung her zu begründender Defekt, mein generalisierter Unverstand. Ich hatte nie den Durchblick, was die Vorstellungen und Bedürfnisse der Menschen betrifft. Und diese grundsätzliche Unfähigkeit zeigte sich – und zeigt sich noch – speziell in jenem Bereich, der mir schliesslich auch die Diagnose meiner Seelenabartigkeit eintrug: Nie erfasse ich, was die Menschen von mir erwarten.

Gleich verhielt es sich, verhielt ich mich bei meiner Arbeit. Ich verstehe etwas von objektiver, sozusagen materialer Kommunikation. Das war mein Fach. Ich konnte problemlos Computer-Programme schreiben, Software anpassen, Netzwerke knüpfen. Aber die Kommunikation mit den Menschen und zwischen den Menschen war mir fremd. Ich verstand sie nicht. Ich verstand die Ordnung ihres Denkens nicht. Nie wusste ich, wann zu kämpfen, wann zu kooperieren, wann zu vermitteln, wann zu taktieren und paktieren oder zu intrigieren war. Ich wusste nie, wann es einen Gegner zu übertrumpfen, zu erniedrigen, zu vernichten galt, wann aber ein Gegner sich plötzlich zum Freund, zum Verbündeten mauserte, der nun pfleglich zu behandeln war. Nie. Nie merkte

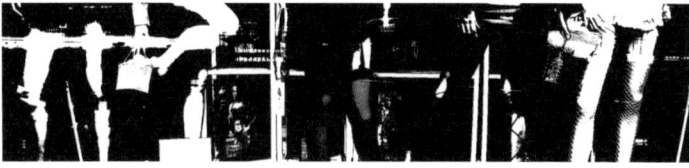

ich, mit wem mein Chef, meine Mitarbeiterin, mein Bürogenosse harmonierte und wer speziell beäugt wurde und unter Verdacht stand. Wem die neuen Projekte zu unterbreiten waren und wem vorzuenthalten. Wer selbstverständlich eingeweiht werden und wer draussen vor der Tür bleiben musste. Wem ein Passwort zustand und unter welchen komplizierten Bedingungen. All dies geschah nach Regeln, nach Gesetzen, die mir vollkommen uneinsichtig waren.

Ich trat in jedes Fettnäpfchen, das erreichbar war, und merkte es erst an den Reaktionen der Umgebung. An den Kritiken, den verärgerten Blicken, am Zitiertwerden an die Schreibtische irgendwelcher Höhergestellten. Ich habe keinen Sinn, keine Antenne, keinen Verstand für die Bedürfnisse der Leute, für ihre halbgaren, unpräzisen und widersprüchlichen Erwartungen und für ihre Wurstelei, mit der sie sich durch die Arbeit mogeln, um Zeit und Aufwand zu sparen.

Folgerichtig verlor ich früher oder später jede meiner Stellen. Ich habe mich zwar immer um Arbeit bemüht; ich habe meine Arbeit immer mit aller erdenklichen Hingabe getan. Ich war immer für die perfekte Lösung und habe sie immer gefunden. Trotzdem war ich unbrauchbar. Und: Ich bin ihnen auf die Nerven gegangen. Wie sie mir alle auch.

Einst überliess mir in einem Kleinbetrieb der Chef, der stets unterwegs war, den ganzen Telephon- und Büroplunder. Ich musste dauernd Kunden beraten und die Hotline bedienen, dabei war ich angestellt worden, um die Software des Produkts zu verbessern. Bugs zu eliminieren. Eine Sekretärin war auch da. Sie konnte wenigstens zwischendurch die Kunden hinhalten und ihnen den Schmus bringen, aber das reichte nicht. Ich reichte eben-

falls nicht. Ich wurde entlassen, sie nicht. Ich war unnütz, sie nicht. Auch jenen Chef verstand ich nicht. Er war unausgeglichen, deutlich unausgeglichener als ich. Draussen jovial, im Büro missmutig und vergräzt. Das hing wohl von seinen Geschäften ab, die mich eigentlich nichts angingen, denn ich hatte mich mit der Software zu befassen. Die übrigens nicht viel wert war; man hätte nochmals von Grund auf anfangen müssen. Mein Vorgänger musste ein Stümper gewesen sein, was mich ja ebenfalls nichts anging.

Der Chef beklagte sich, er brauche viel zu viel Zeit mit mir, und ich solle mich an den Bedürfnissen der Kunden orientieren. Die meisten dieser Bedürfnisse hielt ich für Schwachsinn, und ich konnte dies vom Software-Standpunkt aus auch präzis begründen. Das interessierte überhaupt niemanden, und der Chef verlangte Änderung. Besserung. Die sich nicht erreichen liess. Offen gestanden, die Software war Schrott. Reparierter Schrott bleibt Schrott. Die Kündigungszeit verlief, wie nicht anders zu erwarten war, in entsprechend gespannter Atmosphäre. Ich hütete mich, es je wieder bei einer Kleinfirma zu versuchen.

Das eine war die Arbeit. Da andere das Drumherum. Eine Zeitlang pendelte ich. Zum Hauptsitz einer grossen Firma mitten im Stadtzentrum. Eine halbe Stunde mit der Bahn, zehn Minuten mit dem Tram. Alles in allem über eine Stunde Arbeitsweg. Mit dem Auto wegen Stau im Stossverkehr noch mehr. Damals besass ich noch einen Wagen, ein plumpes Modell, das ich kaum je benutzte – eigentlich nur zum ziellosen Herumfahren, wenn ich es in der Wohnung nicht mehr aushielt, nicht viel anders als heute, da ich mich mit dem öffentlichen Verkehr anonymisiere.

Über Mittag in ein öffentliches Restaurant. Verbilligte Essensgutscheine von der Firma. Ein Restaurant voller unübersichtlicher

Buffets, voller gehetzter Köche und Kassierinnen, voller Menschen mit unförmigen Tabletts, Tabletts voller Kartoffelgratins, Salate, Teigwaren, Chili con carne, Feng-Shui-Gerichte, vegetarischer Teller, Mandelsplitter, voller Cola, Grüntee, Mangosaft. Überall mit Mänteln belegte Sitzgelegenheiten, eng gepfercht, lärmig, Hintergrundmusik. Überall Geschwätz. Lehrlinge, die sich breit machten. Touristen mit Rucksäcken, die hofften, da günstiger wegzukommen.

Eine Riesenauswahl an Speisen, die mich alle gleich abstiessen. Ich bin kein Feinschmecker, habe nie begriffen, warum die Menschen immer Neues in ihre Münder stopfen. Wenn man einmal entdeckt hat, was schmeckt, dann braucht man sich meiner Meinung nach nicht um Weiteres zu kümmern. Aber auch hier: Die Menschen wollen immer das andere. Das Fernliegende. Irgendetwas, das reinem Naschgeist, reiner Launenhaftigkeit, reiner Willkür entspricht und nicht der allgemeinen Grundvernunft, dem Konsens, der allertrivialsten Logik.

Ich weiss nicht, was ich hier noch beschreiben soll. Die Unerträglichkeit der Enge, des Lärms? Das Aufreizende der Kleidungen, der Parfums der Sekretärinnen? Vielen schien es wohl zu sein in diesem Gewühl, den allermeisten. Ich selbst ging beinahe täglich hin, weil ich …

Weil ich nichts anderes kannte. Im Büro vor dem Computer wollte ich nicht essen. Ich hätte mich geniert, in diesem Grossraumoffice mit Stellwänden herumzusitzen und zu essen, auch wenn andere dies taten. Jüngere, Unverschämtere, solche, die das Ganze auf die leichte Schulter nahmen, auch das Programmieren, und trotzdem immer irgendwie über die Runden kamen, Leute in durchhängenden Jeans und Schirmmütze oder Strickkappe, die

sich die besten Projekte ergatterten. Draussen an der Kälte etwas zu essen war ich nicht gewohnt. Bei uns ass man am Tisch. An der Wärme. Ohne Schubsen und Lärm und ohne Blick auf einen Bildschirm mit Firmenlogo, aber auch nicht auf die Plakate mit den Aktionen des Tages.

Irgendwann erhielt ich keine Chance mehr. Keine Stelle. Denn alle Anderen waren überlegen. Mir überlegen. Alle Anderen waren flexibler, anpassungsfähiger, konnten nach dem Munde reden, sich in Szene setzen, Schaum schlagen, auch wenn sie Schwachköpfe waren. Denen ich Fehler nachweisen konnte, noch und noch. Trotzdem waren sie lieber gesehen als ich. Die Welt will betrogen werden, von eitlen Herren und Damen, die süsse Worte absondern. Die kuschen, wenn es sich lohnt und wenn sie unterlegen sind. Haben sie jedoch Oberwasser, dann tragen sie Feuer und Schwert bei sich und prügeln mit harten Bandagen.

Ich war in die falsche Welt gesetzt worden. Ich gehöre woanders hin. Ich gehöre in eine Welt, die nicht aus wirren, widersprüchlichen und wankelmütigen Forderungen besteht, sondern in der klare Verhältnisse herrschen, in denen ein Ja ein Ja ist und nein nein heisst und nicht vielleicht und womöglich doch so oder anders und morgen umgekehrt und etwas mehr von diesem und jenem und dieses rascher und jenes langsamer und bitte nochmals aber diesmal ganz anders und viel besser und noch schneller als Lichtgeschwindigkeit.

Ich erträume mir kein Paradies, dafür bin ich ein zu unbunter Vogel; ich träume von einer ganz einfachen Welt, von einer Welt, in der die Kommunikation Ausdruck von Verständnis und Verstand ist. Nicht Verwirrspiel und ständiges Foppen, nicht Narrentum und Fallenstellerei, nicht eine unablässige Folge von dunklen

Forderungen, gegen die man anzurennen gezwungen ist, kein Labyrinth, das dauernde Wachsamkeit erheischt. Ich träume von einer Welt, in der nicht menschliche Zwietracht das Szepter führt, sondern die Logik der Realitäten.

Was sich im Laufe meiner beruflichen Karriere abzeichnete, spiegelte sich auch in meinen Beziehungen. Ich bin Single, falls das bis jetzt nicht klar geworden ist. Im Übrigen: Bei mir ist nichts unklar. Alles ist klar. Sonnenklar. Bei Rentnern ist alles klar, denn die Rente reicht nicht für Unklares, für neblige Hoffnungen, für Unwägbarkeiten. Auch meine Energie reicht nicht für Unklares, für Neues, für das Eingehen von Risiken. Rentner nehmen keine Risiken auf sich. Das schaffen sie gar nicht. Mit Ausnahme natürlich der unechten, der Schwindler. Die richtigen Rentner sind sozusagen prämoribund und beschäftigen sich zur Hauptsache mit ihren Ängsten und Nöten, mit dem Herzstechen und der Schlaflosigkeit, mit dem Zwicken und Ziehen in Armen und Beinen und verdrängen damit, dass sie nur auf eines zu warten gezwungen sind: auf den endlichen, echten, richtigen, leibhaftigen Tod.

Klar ist: Für einen rund vierzigjährigen Rentner interessiert sich hierzulande kein Weiberbein. Kein einziges. Auf einer dieser CDs, die bei mir herumliegen – seit ich Rentner bin, gehört Aufräumen zu meinen Unmöglichkeiten – singt ein Jammertopf, er sei arm, er hätte nichts, nur sein Herz, das er zu verschenken bereit sei. Immerhin sei es gross, versichert er. Reiner Kitsch, reiner Unsinn. Ich kenne ihn nicht, den Herzverschenker, aber wenn er wirklich

nichts anderes zu bieten hat, dann soll er es bleiben lassen. Vielleicht will er unsereinem Mut machen. Oder uns belügen. Tatsache ist: Für Herzen erwärmt sich keine Frau. Keine einzige.

Vermutlich zählen uns die Frauen gar nicht zu den Männern. Warum sollten sie? Warum sollen sie sich mit Gescheiterten abgeben, denen man noch beibringen muss, wann sie aufstehen und ihre Socken waschen müssen? Ich zähle mich selbst schon kaum noch zu den Männern, und wunderte mich entsprechend, als ich vor einiger Zeit nach Kuba reiste – alle reisen wir irgendeinmal nach Kuba; wir meinen, Kuba sei günstig, weil man uns Finanzschwachen dies genügend lange aufgeschwatzt hat. Dort, im lasziven Askesekommunismus können wir unsere Wertlosigkeit am ehesten noch souverän verheimlichen oder romantisch verklären.

Tatsächlich, in Kuba war ich plötzlich ein Mann und musste mich in den ersten Tagen wieder daran gewöhnen. Die Reise konnte ich knapp bezahlen, an Ort brauchte ich logischerweise – als Mann! – mehr Geld als vorgesehen. Für die Frauen dort war ich reich. Weiter fragten sie nicht.

In Europa fragen sie weiter und bohren und bohren. Und finden natürlich bald heraus, dass ich Rentner bin. Frauen sind zäh und erbarmungslos. Was ich ihnen nicht verübeln kann. Zu glänzen habe ich mit nichts. Ich bin kein Dichter, kein Sänger, spiele nicht auf einer Klampfe abends bei Sonnenuntergang und kann auch nicht mit irgendwelchen verborgenen genialischen Intellekthirnwindungen angeben. Ich bin untalentiert, auch im Verführen von Frauen.

Hierzulande gilt: Weil wir Unwerten nichts wert sind, haben wir auch nichts zu bieten. Und weil wir nichts zu bieten haben,

müssen wir für alles bezahlen. In bar. Auch für Sex. Wenn wir wirklich Sex haben wollen und nicht einfach Masturbationslustbefriedigung. Worüber die Wertvollen geflissentlich hinwegsehen: Das Leben wird für uns Unwerte erheblich teurer, weil wir gezwungen sind, für vieles in klingender Münze zu bezahlen, was sie, die Anderen, kostenlos erhalten.

Trotzdem begehre ich Frauen, auch als Nichtmann, und hoffe auf … Auf eine Liebe, die … Die plötzlich aufflackern könnte, die … Ich weiss nicht. Ich weiss nicht, eine Liebe in mir, in meiner Seele, die erwidert würde von den Frauen, von einer Frau, von irgendeiner Frau, nein von einer Frau, von einer bestimmten Frau, einer für mich persönlich bestimmten Frau, die mir gefällt und die ich lieben könnte, die ich selbst liebe, die ich …

Ich hatte Beziehungen – wie man so sagt –, als ich jünger war und noch tat, als ob ich arbeitete, und sich die Frauen leichter verliebten, wobei ich nicht weiss, ob sie sich wirklich verliebten; ich glaube eher, ich kam hin und wieder gerade recht, und dann war da ein gewisses Interesse, eine gewisse Neugier; ich bin schliesslich kein hässlicher Mensch, und so kann bei der Unmenge von Frauen doch einmal eine auf mich neugierig geworden sein, aber im Allgemeinen, nein eigentlich immer, hielt diese Neugierde nicht an, und die Frauen verschwanden unter irgend einem fadenscheinigen Vorwand. Und ich stand wieder allein da.

Das Verhängnis war anfänglich nicht erkennbar. Weder für mich noch für meine Eltern. Diese waren zufrieden, dass ich keine Sperenzchen machte, keine Drogen konsumierte, nicht frech war und keine unübersichtlichen Mädchengeschichten hatte. Nicht dass

sie grundsätzlich gegen Mädchen waren, aber vielmehr noch bevorzugten sie Ordnung, genau wie ich, einen geordneten Ablauf der Dinge – und Mädchen versprachen Unordnung. Das kippte irgendwann einmal. Später. Als ich immer noch ledig war und man kommende Schwierigkeiten ahnte und hoffte, eine rechte Frau würde mir Halt und Linie geben.

Ich hatte Bekanntschaften. Einige wenige. Nie lange. Eine Serviertochter aus Bulgarien, die Deutsch radebrechte und mir nachlief. Sie hatte ein schönes Gesicht und eine gute Figur und hatte Absichten mit mir, aber es muss ihr irgendwie zu langweilig geworden sein. Mit mir. Ich ging ein paar Mal mit ihr aus, ins Kino, einmal in die Oper. Das kannte sie von Bulgarien her und war begeistert, während ich – nichts damit anfangen konnte. Natürlich hatte ich erotische Interessen, und wir hatten auch Sex miteinander, etliche Male; ich war erregt und konnte den Sex geniessen; wie das bei ihr war, kann ich mich nicht mehr erinnern.

Dann fragte sie, was denn nun sei, und ob und wann wir die Verbindung festigen und legalisieren würden, woran ich gar nicht gedacht hatte. Ich gab zurück, da müsste noch einige Zeit verstreichen, und ihr Interesse kühlte ab, vielleicht kühlte auch der Sex ab, jedenfalls war sie nicht mehr besonders daran interessiert. Wenn ich jenes Lokal aufsuchte, reagierte sie kaum mehr, so dass es eher peinlich wurde, und dann war sie verschwunden. So ganz sicher bin ich zwar nicht, da ich irgendwann nicht mehr hingegangen bin.

Ich weiss nicht genau, was mich zu den Frauen zieht. – Natürlich weiss ich es genau; der Sex, was denn sonst. Die Frauen aber wollen weiss der Teufel was. Immer etwas anderes. Die Absichten der Frauen sind unbegreiflich, was sie selbst keineswegs stört,

66

im Gegenteil, sie scheinen mit ihrem undurchsichtigen, widersprüchlichen Wesen noch zu kokettieren. Anscheinend steigert es ihren Wert, ihre Attraktivität bei den Männern, jedenfalls bei den wertvollen Männern, die vermutlich beweisen wollen, dass sie auch einem besonders verwickelten weiblichen Wesen gewachsen sind.

Bei meinen ungelenken und damit erfolglosen Anpirschversuchen aber kam es zu unhaltbaren Vorwürfen: Die Frauen bezeichneten mich als umständlich und unverständlich, als unbrauchbar kompliziert und voller Seelenkomplexe, und alsbald warfen sie mich – noch vor der IRA – zum Haufen der Wertlosen. Meiner Ansicht nach verhält es sich allerdings umgekehrt. Die Menschen gestalten sich die Welt derart labyrinthisch – vermutlich um ihre Banalität zu vertuschen –, dass einfache Wesen, wie ich es bin, nicht mithalten können.

Eine der Frauen, die ich kannte, schien ein Gespür für solche seelischen Abnormitäten zu haben, jedenfalls für die meinige, und riet mir zu allerlei Methoden, dieser Seele auf den Grund zu gehen, respektive die notwendigen Reparaturen vorzunehmen und versorgte mich mit Adressen von Esoterikern, Hypnotisten, Kartenlegern, Vorgeburtlern und Erlösungsgrüpplern. Entsprechende Kontakte nahm ich wohl hauptsächlich auf, um bei jener Partnerin interessant zu bleiben. Meine Bemühungen waren aber nicht überzeugend, desgleichen die Resultate, was ganz logisch ist: Bei mir gibt es nichts auszubessern; mein Seelenmechanismus ist eine gesellschaftsinkompatible Maschine, eine Nullmaschine, schon im Grundbauplan misslungen, weil sie zwar in sich funkti-

oniert, aber zum Rest der Welt nicht passt. Bei diesen Instandstellungsversuchen traf ich furchtbar einfache Menschen, die mit ihren Überzeugungen die Simplizität ihres Geistes vernebeln. Irgendwann beginnen sie an etwas zu glauben, egal an was, bilden ihren Glauben aus – auf Kosten des ohnehin nicht grossartigen Verstandes – und elaborieren ihn im Laufe der Stunden, der Tage, der Jahre, bis sie nichts anderes mehr im Kopfe haben. Dann werden sie Prediger und hoffen, daraus ein Geschäftchen machen zu können und bringen es wohl ebenso wenig wie ich auf einen grünen Zweig.

Es dauerte eine Weile, bis ich herausgefunden hatte, dass sich unter diesen Heilern ein ganze Reihe der unsrigen tummeln, die den noch Schwächeren das Blaue vom Himmel herunter schwatzen. Diese Gläubigen sind die Propagandisten der steten Erwartung. Sie versprechen je nachdem transzendentale Seelentiefenerforschung, meditative Supravitalbewusstheit, Tantratrancentechnik, hypersensitive Heilkraft, alles Dinge, deren Sinn und Gehalt mir verschlossen bleiben. In dieser steten Erwartung der Glückseligkeit schaffen sie es immerhin, die Wertvollen zu imitieren – wenn nicht gar zu karikieren.

Theoretisch wäre es auch möglich, dass solche Leute wie ich einer bin, besser, dass eine solche Seelenkomposition für eine ganz anders geartete Welt, für einen anderen Planeten in einem anderen Sonnensystem gemacht ist, dass ich also von Anfang an falsch platziert wurde oder … Oder ich könnte auch eine Art Antiseele haben, konstruiert für die Antiwelt, die sich nach den Erkenntnissen der modernen Physiker in irgendwelchen unzugänglichen Di-

mensionen breit macht und die vermutlich auch belebt sein will.

Natürlich weiss ich, dass dies höchst unsinnige Vorstellungen sind, absurde Gedankenspielereien eines ins Abseits gestellten Gehirns. Und doch belagern mich solche Phantasien immer wieder einmal. Auch abwegige Ideen wie zum Beispiel, dass die gegenwärtige Gesellschaftsordnung zerbrechen könnte und dass ich bei einem solchen Bruch plötzlich wieder in den Kreis der Wertvollen aufgenommen würde.

Die gegenteiligen Überlegungen sind nicht weit davon entfernt, nämlich die Vorstellung, dass die Anderen, denen wir ohnehin immer lästiger werden, irgendwann einmal die Nase voll von uns haben, zumal der unsrigen immer mehr werden. Und sollte es einmal zu einem grösseren oder kleineren Einbruch von Recht und Sicherheit, von Versorgung und Nachschub kommen, dann wäre es naheliegend, die unsrigen, die Wertlosen zuerst zu opfern. Denn natürlich ist unter den Wertvollen immer noch die biblische Sichtweise populär: Wer nicht arbeitet, soll auch nicht essen. Mich ängstigt diese Vorstellung nicht allzu sehr. Das Verhungern-Lassen der unsrigen hätte zweifellos unschöne Konsequenzen; es wäre mit ziemlich viel Geheul verbunden, mit Zusammenrottungen der Hungernden in den Alleen der Anderen und vor den Toren ihrer üppigen Produktionszentren und ihrer geheiligten Repräsentativbauten.

Es wäre ein Pokern damit verbunden, ein Pokern um unsere Existenz, respektive um ihre Ruhe und ihren Seelenfrieden. Meinerseits würde ich nicht allzu viel um meine Existenz geben, meine Aufsässigkeit würde sich in Grenzen halten. Anderseits fürchte ich wiederum, dass ich beim Dahinsiechen nicht die nötige Würde und Gelassenheit aufbringen könnte. Nicht zuletzt

hätte die Wirtschaft aber in einem erneuten Aufschwung etliche Abnehmer weniger, wenn wir, die Unwerten, alle verhungert wären. Wir bilden doch einen – zwar bescheidenen, aber nicht zu vernachlässigenden – Teil der Konsumenten; vor allem verwerten wir jene Teile der Produktion, die eben gerade hoffnungslos aus der Mode gekommen sind und ohnehin hätten entsorgt werden müssen.

Immerhin: Nirgends steht geschrieben, dass alles unveränderlich bleibt, ganz und gar nicht. Die Verhältnisse könnten sich ändern. Auch in die konträre Richtung. Radikal. Aber nicht per Dekret, sondern aus sich heraus. Es könnten andere Zeiten heraufkommen, instabilere. Katastrophalere. Alles würde durcheinandergewirbelt, und es würden sich neue Gesellschaftshaufen bilden. Und so vermute ich, dass man uns doch noch halbwegs auf Trab halten will, um für schlechtere Zeiten gerüstet zu sein. Denn zweifellos würde in schlechteren Zeiten unsereiner wieder herangezogen werden, das heisst, man würde uns im Fernseher die Rentenschatulle zeigen und beweisen, dass der Boden kräftig durchscheint und es an der Zeit ist, Kartoffeln im Stadtpark zu pflanzen.

Die Wertzuordnungen würden sich ändern; Unwerte wären es plötzlich wieder wert und würden verpflichtet, Sandsäcke vor Bunker aufzuschichten, anderen würde durchaus zugetraut, Lebensmittelmarken abzuzählen oder Gasmasken zu putzen. Denn dazu sind wir Schattengestalten – insbesondere die Psychischlädierten unter uns – alleweil zu gebrauchen. Keine Bange, wir würden das tun, wenn auch nur mit Murren, denn das Bücken schmerzt, und unsere Hände haben keine Schwielen. Allerdings würden wir uns die Kartoffelfeldereinteilung keinesfalls vorschrei-

70

ben lassen, schon gar nicht von einem der Sozialarbeitserzieher und Tagesstrukturpropagatoren.

Ich, der ich ein leidlich gebildeter und an den Realitäten geschulter Mensch bin und mich weder mit frommen Altweibergeschichten noch mit den windigen Betbrüderpredigten abgebe, muss mich in solchen Momenten gegen Bilder in meinem Kopf stemmen, die hervordrängen, Bilder von einer heiteren Landschaft mit sanften Hügeln, schattigen Felsen, mit grasenden Tieren und zwitschernden Vögeln, einer Landschaft voller friedlicher Menschen mit zarten Leibern, Menschen einfachen, klaren Geistes, die kein oben und unten, kein links und rechts kennen, eine Welt voller Menschen, die ihren Übermut mitsamt ihren Kleidern abgestreift haben, voller Menschen, die verziehen haben und denen verziehen worden ist. Keiner steht über dem anderen, und keiner schwebt über ihnen, kein Herrscher, kein Allmächtiger, keiner, der bestimmt und einteilt, keiner, der gut und böse zertifiziert.

Ich träume von einer Schöpfung ohne Schöpfer, ohne verantwortliche Kommission, ohne Alleswisser und Besserwisser. Und nichts geschieht darin, und die Menschen langweilen sich nicht, langweilen sich trotzdem nicht, obgleich nichts geschieht, denn sie haben ihre Angst verloren, und wenn sie Psalmen singen, so psalmodieren sie ihre Freiheit und ihre Entbindung aus den Fesseln der Wertknechtschaft.

Ich muss mich stemmen gegen solche Phantasien, denn sie sind schädlich für das hiesige Überleben; sie schwächen den Geist, der wachsam sein muss. Stets wachsam.

Mit Frauen ist also nichts. Natürlich kommt es sonst, phasenweise – wenn mir die Einsamkeit Trübsinn um die Ohren schlägt –, zu oberflächlichen Kontakten und Bekanntschaften, zu nichtsnutzigen Gesprächen unter Nichtstuern, in Kneipen oder so, wo jeder und jede beharrlich von etwas anderem spricht und seine und ihre eigene Spintisiererei breitschlägt, wo man auch bei zu grosser Langeweile jederzeit aufstehen und gehen kann. Diese Begegnungen erheitern keineswegs, sondern verstärken das Bewusstsein, ein Ausgestossener zu sein, eine Schattengestalt, und ausgerechnet in diesen Momenten des allgemeinen Geredes verliere ich den letzten Lebensmut und Lebenssinn und denke an den nahen Tod, wünsche mir, das Bier sei vergiftet oder ein Verrückter würde den Raum stürmen und uns alle mit Maschinengewehrsalven niedermähen.

Suizidphantasien, ich weiss. Ich weiss auch, dass ich mich ganz gut selbst umbringen kann, und dazu keinen Spinner anzuheuern brauche. Nur ist der Suizid eines Nichtsnutzes genauso nichtsnutzig wie sein Weiterleben; ich brauche mich also nicht umzubringen, um meinem Leben einen Sinn zu geben.

Wenn ich mich aber nicht umbringe, wenn ich doch noch einen Anteil an dieser Welt finde, so ist das im einzigen mir verbleibenden Netz möglich, im technisch kontrolliertesten, im menschlich unkontrolliertesten Netz, das mich aus dem freien Fall auffängt: im Internet. Das Internet ist die grösste Fiktion, die je aufgebaut worden ist, noch viel grösser als das Fernsehen; es ist das grösste und dünnste Netz, das die Welt überspannt, ein umfassendes Geflecht, das jedem das Bewusstsein vermittelt, bedeutend an der Welt teilzuhaben. So chatte ich zwischendurch

mit irgendwelchen Leuten, manchmal sogar mehrfach mit den

gleichen. Ich schwatze angeregt mit Menschen, die ich dem Himmel sei Dank nie sehen werde, über die ich mich also auch nicht zu ärgern brauche, da ich jederzeit den Computer abstellen kann.

Ich beteilige mich sogar - in meinen besonders mitteilsamen Phasen - an verschiedenen Communities im Internet. Network-Security-and-Privacy, Kampf gegen die Datenrandomisierung und so weiter. Ich halte mich auf dem Laufenden über neue Entwicklungen in der digitalen Kommunikationstechnik: Internet Control Message Protocol, Address Resolution Protocol, Reverse Address Resolution Protocol, Open Shortest Path First, Border Gateway Protocol und Ähnliches.

Ich engagiere mich, rege Neues an, verteile Ratschläge, kritisierte, vertreibe unerträgliche Dummköpfe aus den Gruppen. Ich brauche da keine Rücksicht zu nehmen. Ich kann hemmungslos meine Meinung sagen, die stets treffsicher ist. Ich kenne die Bereiche, in denen ich vom Fach bin. Der Rest interessiert mich nicht. Ich bin immer noch für die perfekte Lösung, etwas anderes kenne ich nicht und verstehe ich nicht. Ich halte auch die anderen, alle anderen, auf dem Laufenden über meine eigenen Bemühungen, was die Entwicklung einer sicheren und widerspruchsfreien Sprache betrifft. Eine höhere Informatik, eine neue Sprache, in der jeder bestehen kann. Eine Sprache ohne Missverständnisse. Eine Sprache ohne Ausgrenzung.

Die absolute Sprache. Die absolute Sprache ist die statistikfreie Sprache, mittels der Missverständnisse ein für alle Mal ausgemerzt werden. Ob jedoch das Ausscheiden missliebiger und überflüssiger Werktätiger damit sein Ende finden würde, ist mehr als zweifelhaft. In diesen Bemühungen – dessen bin ich mir bewusst – steckt die absurde Hoffnung, als Teil dieser Sprachord-

nung doch eine Funktion zu haben, eine Ordnungsfunktion, eine Strukturfunktion, was meinen Wert in der Gesellschaft zwar nicht steigern, aber mich doch zu einem bescheidenen Träger der allgemeineren Ordnung, der Gesamtweltvernunftordnung befördern würde.

Darum auch mein Kampf im Internet, in den Foren, in den Gruppen. Ich kenne die Menschen nicht, und will sie auch nicht kennen lernen. Aber wider besseres Wissen regt sich in mir ab und zu die Hoffnung auf eine Ordnung, die über jeder Welt und jeder Vergänglichkeit steht.

Andere Bekanntschaften sind sinnlos, öde, langweilig oder gar schmerzlich. Zum Beispiel Klassentreffen. Früher, während meiner Arbeitslosenzeit, zermarterte ich mir den Kopf, ob ich hingehen soll oder nicht. Jetzt ist alles klar. Nach der entsprechenden Erfahrung. Ich gehe da nie mehr hin und studiere auch nicht mehr daran herum. Ich gehöre nicht mehr zur Klasse. Es war peinlich; ich war peinlich und spürte das an den verlegenen Mienen und den Pausen, wenn ich mein Schicksal grob skizzierte. Ich war wie ein Aussätziger: Man mied meine Nähe; auf den Photos bin ich ganz am Rand und seitlich angeschnitten zu sehen: Ich war nichts, denn ich hatte es zu nichts gebracht, ausser zu meiner Wertlosigkeit.

Ich meinte, ich würde noch rechtzeitig einen Trick finden, eine Ausrede, eine komplizierte Erklärung, eine dramatische Lebensgeschichte, ich könnte einen Job vorschwindeln, der so gewichtig klänge, dass keiner Genaueres nachfragen würde. Nicht genug des Unsinns: Ich phantasierte, ich könnte gar hoffen, einer der

ehemaligen Klassenkameraden habe es so weit gebracht, dass er über offene Stellen verfüge und … Absurde Hirngespinste. Keiner hatte eine Stelle und einen Platz für mich.

Bei jenem Klassentreffen wurde mir die banalste Invalidenbanalität klar: Die Entwertung führt logischerweise zu einem Verlust der eigenen Persönlichkeit; ihre Bedeutung strebt gegen Null. Der Unwerte wird seiner gesellschaftlichen Gestalt entkleidet. Er wird nicht nur unbedeutend, sondern unfassbar, charakterlos, eigenschaftslos; er verliert nicht nur seine Zukunft, er verliert auch seine Vergangenheit, seine Geschichte. Sein Leben wird zu einem Pilgergang im ewigen Nebel.

Obwohl ich der Überzeugung bin, dass mich das Schicksal nicht begünstigt hat – es hat mir, wie mein Werdegang beweist, inkompatible Begabungen zugesprochen, aus denen nichts Rechtes zu machen war –, so darf ich wiederum nicht behaupten, ich hätte nie Glück gehabt. Ich hatte Glück, selten genug, nur war dieses Glück nie von Dauer, sondern es winkte aus der Ferne, schlenderte heran und verschwand sogleich wieder nach flüchtiger Berührung.

Am meisten hatte ich Glück, als ich mit ihm spielte. Ja, ich spielte. Ich spielte Lotto. Eine Zeitlang jedenfalls. Dahinter steckte alles andere als Geldgier, vielmehr die Hoffnung, in die Schicht der Anderen übertreten zu können, denn durch einen Riesengewinn wäre ich plötzlich reich und ein Wertvollrentner geworden. Ich hätte die Versicherungsleistungen kündigen und mir meine eigene Rente ausstellen können.

Lottospielen ist verbreitet – es ist bei gewissen Menschen

sogar eine Art Manie –, es ist alltäglich, und doch – ich hatte nie daran gezweifelt – verbirgt sich bereits im Lottospielen der Wurm. Lottospielen ist der Inbegriff der Sündhaftigkeit. Es gibt keine grössere Sünde am Leben, am eigenen Leben, am eigenen Kampf ums Leben als das Glücksspiel. Wer Lotto spielt, glaubt an das Glück. Oder besser: Er investiert ins Glück, und sei es eine noch so bescheidene Summe. Wer aber ans Glück glaubt, hat den Glauben an sich selbst verloren. Wer glaubt, Glück sei eine unberechenbare, reiche Tante in Amerika, die irgendwann auf Besuch kommt und die mitgebrachte Tasche leert, wer also auf den Tantentaschensegen hofft, der ist im Grunde bereits für unsere Wirtschaft verloren, denn er investiert in die grosse Zahl, in die Unwahrscheinlichkeit und traut ihr mehr als seiner eigenen Arbeit.

Und ich gewann. Ansprechend. Manch einer wäre sogar eifersüchtig geworden. 70 000 Euro. Allerdings gingen die Steuern weg. Im Ausland sind die hoch. Dafür erfuhr die IRA nichts. Die hätte sich das Geld geschnappt. Und mit den verbleibenden 68 357 Franken? Das ist zu wenig für eine Rente. Für eine Privatrente. Viel zu wenig. Damit konnte ich meine Lage nicht verbessern; ich konnte nicht aus meinem Unleben aussteigen, ganz anders, als wenn ich, sagen wir, drei Millionen gewonnen hätte. Mit drei Millionen wäre ich wieder bei den Leuten gewesen, bei den Anderen, den Seriösen, wäre wieder in die Gesellschaft der Anständigen, Ehrbaren eingereiht worden.

So aber war nichts Vernünftiges anzufangen gewesen, und ich kaufte mir einen Flügel. Ich spiele nicht Klavier und habe auch nicht im Sinn, damit anzufangen. Aber der Flügel, der Glanz des schwarzen Holzes, das Spiegeln der Fläche verleiht meiner Behausung eine kühle Eleganz, die ich schätze. Natürlich befürchte ich

hie und da, es würde ein Versicherungsfahnder meine Wohnung filzen, doch bis jetzt ist nichts dergleichen geschehen. Manchmal lüfte ich den Deckel, schlage den einen oder anderen Ton an und lasse ihn durch meine engen Räumlichkeiten schweben.

Der Rest meiner Einrichtung, das Um-den-Flügel-Drumherum: Nichts, was der Erwähnung wert wäre. Meine Wohnung sieht aus wie jede andere Wohnung, und ihre Individualität ist eine fiktive, marketingsuggerierte, ebenso fiktiv wie meine eigene. Individuell war ich in meinem Versagen, war ich in meiner Unangemessenheit, in meinem beruflichen Unverstand. Sobald ich definitiv ausgeschaltet war, verlor sich auch das, und ich wurde eines dieser ungezählten grauen Individuen ohne Persönlichkeit. Das Drumherum: Der übliche Einrichtungskarsumpel, was die Leute eben so besitzen. Wobei ich, genau genommen, meine Einrichtung nicht als Besitz bezeichne. Eigentlich besitze ich gar nichts; ich weiss nicht, was Besitz ist. Auch so einer meiner Defekte.

Ganz früh Gekauftes ist etwas gediegener – da meine virtuellen Ambitionen damals noch intakt waren –, mit einem Einschlag von Designerkitsch, jedenfalls nach meinen heutigen Vorstellungen. Im Grunde brauche ich den Plunder gar nicht; er füllt einfach meine Wohnung, worum ich froh bin, denn ich selbst fülle sie bei weitem nicht. Zum Plunder gehören Vorhänge, eine Musikanlage, Eierbecher, Küchenwerkzeug, eine Zeitungsablage – die ich gar nicht benötige, denn ich lese die Zeitung im Café, um der Frühstückslangeweile auszuweichen und weil ich Zeit habe, unendliche Zeitungslesezeit –, des weiteren mehrere Computer, keiner besonders neu, einen Plastiktreter für die Fitness, kaum gebraucht, aber stets dienstfertig herumstehend. Bücher, Handbücher, Nachschlagewerke, die mich daran erinnern, dass ich es

einmal höher im Kopfe hatte, ein halbvolles Büchergestell. Für nichts. Wenn ich lese, dann im Internet. Oder in öffentlichen Lokalen, Bibliotheken, Bahnhofshallen.

Bei mir steht herum, was bei Anderen herumsteht, nur hat bei mir nichts eine Bedeutung, weil ich selbst keine Bedeutung habe. Ich brauche den Plunder nicht, so wenig, wie ich mich brauche. Während ich mich aber über mich hinwegsetzen kann – zwischendurch wenigstens – kann ich mich nicht über mein Mobiliar hinwegsetzen und stolpere auch regelmässig in meiner Wohnung, obwohl ich deswegen schon mehrfach umgestellt habe. Es nützt nichts. Ich stolpere über irgendwelches überflüssige Zeug, das den Weg versperrt und das ich nicht wegwerfe, aus Angst vor der Leere und weil ich kein Geld habe, es bei Bedarf erneut zu kaufen.

Noch etwas. Ich habe mir keinen normalen Flügel gekauft, sondern einen maschinellen, computergesteuerten. Ich kann mir also – was ich selten tue – ein Stück vorspielen lassen. Ich bin nota bene kein besonderer Musikliebhaber oder gar -kenner, aber wenn ich mich in meinem Sessel nach hinten lehne, kann ich träumen. Dann träume ich, wie es wäre, in der Region der Anderen zu leben, der Normalen, der Arbeitsbeschäftigten und Abendkultivierten. Ich lasse Kantilenen an mir vorüberstreichen, summe mit, und das Licht in meinem Wohnzimmer mischt sich mit dem Glanz der Musik und des gediegenen, etwas breitbeinigen Instruments; ich gönne mir dann vielleicht einen Carlos Cinco oder einen Armagnac und rauche eine Hoyo de Monterrey Double Coronas.

Ich schlüpfe in eine andere Person, in eine andere Identität, die ich keinesfalls wirklich sein möchte. Nein, es ist reizvoller, viel reizvoller, derjenige nicht wirklich zu sein, den man vorgibt. Denn

das ist das letzte Quäntchen von Stolz, das mir erhalten geblieben ist: Auch wenn ich nichts bin, so will ich kein anderer sein als der, der ich bin.

Unter uns Wertlosen tummeln sich diejenigen, die nichts geworden sind. Nichts im eigentlichen, existentiellen Sinne. Die Unmenschen, deren Bauteile nicht zueinander gepasst haben, die nie zu einer Person zusammengewachsen sind und die man doch noch notdürftig zusammengeschustert und sozialisiert hat, auch wenn die Lehrer längst erkannt hatten, dass aus ihnen nie etwas wird. Ich selbst bin ja ein besonders prägnantes, wenn auch wenig auffälliges Exemplar dieser Gattung. Ich passe nicht, mir passt nichts und alles, was ich tue, passt nicht zu dem, was andere tun.

Somit besteht bei uns eine Unbestimmtheit, eine Unangemessenheit, vielleicht auch Masslosigkeit, was das Leben hienieden betrifft. Jeder von uns hat das früher oder später anzuerkennen und den Groll zu bekämpfen. Das einzige Vergnügen, das uns bleibt, ist das Theaterspielen. Die Anderen, Wertvollen zu imitieren. Die einfachste, anspruchsloseste Art besteht darin, vor aller Welt über die unsrigen zu schimpfen, zum Beispiel in einem öffentlichen Lokal den Erfolgreichen zu geben und über das Pack der Faulenzer und Versager herzufahren und sie bildlich in den Lüften zu zerfetzen. Was mich betrifft, so ist das nicht meine Art. Ich bevorzuge weniger durchsichtige Szenarien.

Auf das Theaterspielen hat mich jener liebenswürdige Rosenverkäufer aus Indien oder Sri Lanka, aus Somalia oder dem Sudan gebracht, der Nacht für Nacht mit seinem Bund halbwelker Rosen die Kneipen abklappert; er spielt den Geschäftsmann – und ge-

hört doch zu den unsrigen. Keiner kauft, ausser vielleicht ein Pärchen frisch Verliebter – aber wer kann schon von frisch Verliebten leben? Darum kaufe auch ich ab und zu, obwohl ich nicht weiss, wohin mit der Rose, vielleicht auf den Flügel, obwohl eine welke Rose auf einem Flügel …

Ich kaufe, denn ich will nicht, dass er endgültig zu den unsrigen gehört, auf keinen Fall, ich will nicht, dass er die Hoffnung aufgibt, einst zu den Anderen zu gehören, zu denen, die einen ultramarinblauen Porsche fahren und dem rotlippigen Mädchen auf dem Beifahrersitz beim Schalten übers Knie streicheln; ich will nicht, dass er keine Chance hat, obwohl ich weiss, dass er keine hat und vermutlich längst schon von den Ämtern unterstützt wird, vielleicht nicht vom gleichen wie ich, aber doch von einem der verschiedenen Sorgeämter.

Es ist mir bewusst, dass meine Theaterversuche zwar ausgefeilter, dafür deutlich sinnloser und lächerlicher sind. Meist spiele ich den Wicht. Den Wichtigen. Den Unentbehrlichen. Der vorgibt, das, was ihn umtreibt, sei mit besonderer Einmaligkeit und Gewichtigkeit geschlagen. Also das übliche aufsässige Gehabe der Anderen, Wertvollen, der Eifrigen, Gottgefälligen, derjenigen, die sich keinen Moment über die Unsinnigkeit ihres Tuns Rechenschaft abzugeben brauchen, da ihnen Krethi und Plethi behilflich sind, dieses Tun zu bestätigen und zu belohnen.

Genau diese aufgeblasene Grossartigkeit imitiere ich, protze mit dem Gewicht meiner Unternehmung und bin mir in jedem Augenblick des absurden Theaters bewusst, das ich vollführe. Ich gönne mir die Unsinnigkeit, in die Bibliothek zu gehen und etwas

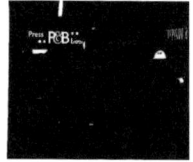

nachzuschlagen, als ob ich Kantonsschullehrer wäre, oder ziehe eine Kleidung an, Krawatte, gehe mit meiner schwarzen Mappe, die ich noch aus früheren Zeiten besitze, durch die Strassen, tauche aus Tiefgaragen auf und erlebe den Moment, in dem ich als Anlageberater für Multimillionäre eingeschätzt werden könnte, obwohl ich weiss, dass das keinen interessiert. Selten besuche ich PC-Shops und studiere die neuen Hardware-Entwicklungen, fachsimple mit den Verkäufern, die nur die oberflächlichste Ahnung haben, und lasse ein wenig meine Kenntnisse spielen, die ich ja nicht in solchen Geschäften, sondern im Internet á jour halte und die nichtssagend und überflüssig sind.

Ich könnte natürlich etwas Wirkliches tun. Etwas Reales. Einen Garten mieten, einen Schrebergarten; das würde sogar mein Budget verkraften. Ich könnte Tomaten und Peperoni, Rhabarber und Bohnen ziehen. Zur Zierde, denn wirklich ernähren würden mich diese paar Pfund Gemüse nicht. Es wäre also genau gleiches Theaterspielen. Imitation der Produktiven.

Natürlich könnte ich das. Aber ich schaffe es nicht, die entsprechende Stimmung zu imitieren, dieses Biedermeierromantikgartenlaubengefühl.

Ab und zu fahre ich herum. Mit den öffentlichen Verkehrsmitteln. Ein Auto besitze ich schon lange nicht mehr, dafür ein Generalabonnement, wie diese Karte hierzulande heisst. Ich bin sozusagen General des öffentlichen Verkehrs. Wir Wertlosen können diese Karte sogar günstiger erwerben als die Anderen, was erstaunlich ist, eine erstaunliche Grosszügigkeit der Verkehrsbetriebe, denn eigentlich gibt es für uns weder Anlass

noch Rechtfertigung, den Ort zu wechseln. Ich, der ich mich ja gezwungenermassen im Ruhestand, im Grabesruhestand befinde, dessen Zeit zwar rinnt, dessen Zustand jedoch stets derselbe bleibt, versetze mich in Bewegung. Bei der Fahrt im Bus oder in der Eisenbahn wird dieser unerträgliche Gegensatz, diese Lächerlichkeit meiner Existenz um ein weniges herabgemindert. Ich fahre herum, auf komplizierten Wegen, versetze mich in die Lage eines Bewegungsbeamten, der aus irgendwelchen Gründen die Verkehrsnetze abfahren muss; ich bin Verkehrsnetzprüfer, habe damit auch eine Aufgabe.

Das öffentliche Transportnetzwerk, der geregelte Ablauf des Verkehrs, die korrekten Anschlüsse ordnen mein Bewusstsein, meine Seele, wenn ich wieder einmal in die Ängste vor dem totalen Chaos versinke, in die Furcht, die gesamte Weltordnung gerate aus den Fugen und alle Verbindungen würden gelöst und zerstört, alle Balken, alle Gerüste, alle Schrauben, alle Nägel; alle Wörter würden ihrer Bedeutung beraubt; die Menschen bräuchten sie nicht mehr oder würden ihnen willkürlichen Sinn geben, würden ad hoc alles umändern, alles entdeuten. In der Bahn, im Bus finde ich Rettung und träume von einer Sprache, einer menschlichen Bindung, die ebenso stabil und verlässlich ist wie diejenige zwischen Verkehrsmitteln, mit ihren klaren und reinen Gesetzen und Abläufen und ihrem sorgsamen Vermeiden von Kämpfen, Unfällen, sinnlosen Umwegen.

Höchst selten – offen gestanden: beinahe nie – imitiere ich den Mann. Und gehe ins Bordell. Es ist das riskanteste Theaterstück, das ich kenne, und ich weiss nie, ob es einem Anfall von Verwe-

genheit zuzuschreiben ist, wenn ich mich dahin aufmache, oder lediglich meinen passiv-aggressiven, masochistischen Seelenwindungen. Natürlich ist auch ein Schuss Sexualtrieb dabei, aber wie bereits erwähnt, lässt sich dieser bequemer und reibungsloser vor dem Fernseher oder über den Internetanschluss zufriedenstellen, auch wenn diese Bildschirmsexvorlagen mit der Zeit eine erschreckende Eintönigkeit bieten, so dass die Befriedigung mehr und mehr zum gleichen unsinnigen Ritual wie Essen und Schlafen verkommt, das nichts mehr mit Lust und ebenso wenig mit Leidenschaft zu tun hat.

Trotzdem kommt es vor, dass mich der Trieb übermannt, nicht einfach nur der Geschlechtstrieb, nein, der Trieb, doch irgendwie in den Bann, in den Duft, in das körperliche Geschlecht der Frau dringen zu können, irgendwie am Leben, am menschlichen Leben teilzuhaben. Es ist mir vollkommen bewusst, dass das eine Fiktion ist, genauso wie der Kauf irgendeines anderen Dings, das in die andere Welt gehört. In meine Welt gehört das Stillen der Grundbedürfnisse, gehören Essen, Trinken, Behausung, Kleidung. Alles andere kann man sich zwar – in kleinsten Häppchen – mit einer Rente aneignen, aber im Grunde grast man damit auf der anderen Seite, auf der Seite der Wertvollen; man nimmt sich ein Gut herüber, auf das man kein Anrecht hat. Einige der unsrigen dehnen zwar den Grundbedürfnisanspruch aus, um sich so vermeintlich schadlos zu halten, doch sind das Illusionen, denn zum Genuss gehört – wenigstens für meinen Teil – das verbürgte Recht darauf und nicht nur die schiere Bezahlung.

Ob darüber hinaus das Ins-Puff-Gehen wirklich zu den Grundbedürfnissen gezählt werden soll, ist wohl fragwürdig, aber auch wieder nicht ausgeschlossen, denn anderer – leibhaftiger – Sex 83

Tutte le curve port

Triumr

kommt für unsereinen wie erwähnt nicht in Frage. Bleibt also nur Sex auf Miete. Gemeinhin gilt die käufliche Liebe für den Mann als die problemloseste Art, sich vom weiblichen Geschlecht befriedigen zu lassen; mit der Bezahlung könne er über die Frauen verfügen, heisst es, die ihm willig zu Diensten liegen. So stellen sich das allerdings nur all die Naivlinge vor, die keine Ahnung von der Sache haben. Für unsereinen ist der Bordellbesuch die riskanteste Angelegenheit. Ein Gang auf Leben und Tod.

Der Nachtklub, das Bordell ist die Höhle, in der sich die Macht der Mächtigen – und wer ist mächtiger als die Frauen – am schonungslosesten darstellt, wo sich die Macht, die Macht schlechthin, in ihrem ganzen nächtlichen Glanz zelebriert. Der Gang ins Bordell ist meine grösste Mutprobe. Hier zeigen die Frauen ihre aufreizende Überlegenheit. Sie präsentieren sich in einer Entourage von Kleinganoven, Zuhältern und Renommiermännern, die sich Wunder was vorkommen und ihre Männlichkeit mit goldenen Halskettchen und Cartieruhren spazieren führen. Im Grunde aber sind sie nichts anderes als die moderne Ausgabe der seit jeher notwendigen Haremseunuchen, auch wenn sie Kampfhunde und gepanzerte Fahrzeuge mit sich führen.

Daneben ist alles schäbig, schäbiger noch als in meiner eigenen Wohnung, vergoldete Schäbigkeit, die das Schummerlicht nur notdürftig kaschiert, die auch nicht wirklich kaschiert werden soll, denn dem Opfer, dem genauso schäbigen Mann, wie ich einer bin, soll diese spezielle Empfindung der allgemeinen grenzenlosen Lächerlichkeit nicht vorenthalten bleiben. Aber wenn er einmal eingetreten ist in jene Hölle, wenn ich einmal eingetreten bin in jene Hölle, dann ist keine Rettung mehr und mein Versagen, meine Nichtigkeit erreicht ihren Höhepunkt; dann ist

kein Rückzug mehr möglich, denn alle, ausnahmslos alle, alle Eunuchenmänner und alle Erosfrauen beobachten jede meiner Bewegungen, jede Regung, die schändlichen Rückzug andeuten könnte, beobachten, wie ich mich ungerührt überlegen gebe, schätzen ab, wo meine finanzielle Schmerzgrenze liegen könnte, und treffen sie auf Anhieb.

Sie geilen mich auf, alle diese Frauen, sie geilen mich auf mit ihren üppigen Brüsten und ihren langen, schlanken Beinen, die sie stets adrett drapieren und zeigen, drapieren und zeigen; sie geilen mich noch viel mehr auf mit ihrer göttlichen Überlegenheit. Es heisst, sie böten ihren Körper feil; doch das ist Unsinn, männlicher Unsinn, männliche Beschwichtigung, heimlicher männlicher Hass gegenüber der weiblichen Macht angesichts der Schande, für die männlichen Dienste an den Frauen, für die Unterwerfung unter die Frauen auch noch bezahlen zu müssen. Hass von Männern wie mich, die nichts wert sind und die niemand – vor allem keine Frau – will, die also auch nicht die kleinste Kleinigkeit erhalten, ohne dafür zu bezahlen.

Es heisst, dass sie ihr Intimstes preisgeben, die Frauen, nämlich ihren Körper, ihr Geschlecht, ihr inneres Geschlecht, ihre weibliche Höhlung, und ich sage: Das ist Unsinn, sie lassen sich den Besuch dieser Höhlung bezahlen; sie geben gar nichts preis und bleiben für sich und bleiben ein Geheimnis und verachten mich und alle Männer, die es nötig haben, für den flüchtigen, blinden Höhlenbesuch einen Eintrittspreis abzuliefern.

Denn immerhin sind diese Frauen in der Lage, ihre erotische Leiblichkeit zur Verfügung zu stellen, während wir, während ich nichts zur Verfügung stellen kann, obwohl meine Verfügbarkeit grenzenlos ist. Und obwohl ich reine Verfügbarkeit bin, hat kein

Mensch und schon gar keine Frau das geringste Interesse daran, über mich zu verfügen, und darum habe ich zu bezahlen, darum habe ich für meinen knechtischen Dienst und meine Unterwerfung Tribut zu bezahlen.

Soll ich meine Ängste schildern? Soll ich denn die letzte Begegnung mit einer jungen Dame schildern? Deren Welt weit entfernt von der meinen ist? Mit einer jungen Dame, mit der ich nicht reden konnte, weil sie keine Zeit oder keine Sprache hatte, weil ich keine Sprache hatte, weil der Handel nicht ums Reden ging, sondern um das Fleisch, die körperliche Vereinigung, die keineswegs als solche bezeichnet werden kann, denn mit Vereinigung hat das nichts zu tun, denn vereint waren wir nicht. Nun, sie gab sich alle Mühe und versuchte, aufreizend zu sein, was ihr auch gelang, denn aufreizend sind alle diese Frauen, das ist Bestandteil ihres Geschäftes, ihre Beine waren aufreizend, die Art, wie sie den Rocksaum über ihre Schenkel hochzog. Das war mehr Vereinigung, sinnliche Vereinigung, geistige Vereinigung als alles Nachfolgende. Die Art, wie sie mich in Bann schlug, nur mit einem Augenaufschlag, mit einem Heben der Brauen, mit einem leichten Lächeln. Nein, keine Steppenwolfdame. Jenes ist Psycholiteratenkitsch, meine Damen und Herren, die wirklichen leichten Frauen, ich zögere, Wörter wie Huren oder Prostituierte zu gebrauchen, denn es sind die Wörter der Neider und Neiderinnen, die wirklichen leichten Frauen sind keine Seelenerlöserinnen, sondern sind die letzte und grösste, leicht schwebende und tief drückende Macht und die schmerzhafteste Erniedrigung der Männer.

Wie jedes Mal erhoffte ich noch irgendeine unsinnige Rettung, ein Aufwallen irgendeiner Vitalität in mir. Es war eine Illusion. Die

Beine, der Duft der Frau, ihre Brüste, ihre Brüste, die viel zu leben-

dig waren für mich, lebendig und doch passiv, weil sie mich nur scharf machten, aber sonst nichts mit mir zu tun hatten. Zwischen den Brüsten ein dünnes Kettchen mit dem Kreuz Christi, das sie nicht ablegte; alle tragen ihre Kettchen, damit mir klar würde, an wen sie wirklich gebunden sind. An den Gekreuzigten, nicht an mich, sicherlich nicht an mich.

Aber das war nicht der Punkt. Der Punkt war, dass sie mir überlegen war und dass eintrat, mit vollkommener Folgerichtigkeit eintrat, was ich die ganze Zeit befürchtet hatte, dass eine vollkommen folgerichtige Unwertinvaliditätsimpotenz eintrat, dass nichts funktionierte, mein Glied nicht, meine Lenden nicht, mein Verstand nicht, meine Seele nicht, was sollte schon an meiner Seele funktionieren, anderseits sollte doch Sex auch etwas Seelenemotionales sein, und die junge Frau, sie wartete, geduldig, ja sie bemühte sich noch halbwegs, nur halbwegs, denn allzu viel war nicht zu erwarten, es sind keine Therapeutinnen, sondern Geschäftsfrauen, trotz allem. Der letzte Wertrest des Mannes findet sich in seiner Erektion. Wer im Bordell keine Erektion mehr bieten kann – der ist am Ende.

Ihre Geduld verschlimmerte die Sache nur noch, und der Erfolg ihrer Bemühungen, als sich schliesslich mein Penis doch noch halbwegs hob und halbwegs versteifte, war weit entfernt von irgend einer Leidenschaft, sondern nur noch behelfsmässiges Absolvieren eines begonnenen Programms, Abwickeln eines Geschäfts, um einen halbwegs geordneten Rückzug in die Wege leiten zu können.

So war am Schluss sogar meine Scham noch durchtränkt von der Schäbigkeit der ganzen Ambiance, und wenn das nicht schon schlimm genug gewesen wäre, so war noch schlimmer, dass nach

Bezahlung und flüchtigem Abschied ein Blick sich in meinem Gedächtnis festsetzte, ihr Blick, der Blick der jungen Dame, die ich nicht kannte, die ich so nimmermehr kennen lernen würde, ein Blick voller Trauer und Versagung, voller Schmerz und voll ungeweinter Tränen. Das war das Allerschlimmste und war auch durch die vielen scharfen Bacardi danach nicht aus meiner Seele zu wischen.

Wesentlich weniger riskant ist Spielen. Spielen ist gar nicht riskant, denn beim Geld Verspielen ist man unter sich. Jeder verliert Geld, das ist normal, und im Grunde spielt es auch keine Rolle, ob man Geld für irgend einen unsinnigen Kauf ausgibt, der zu Hause nur im Wege steht, oder ob man es gleich ohne Rückstand verspielt. An sich bin ich kein Spieler – trotz meines Lottogewinns. Ich bin allerhöchstens ein Spieler, der einen Spieler spielt. Auch wenn ich es mir nicht leisten kann.

Wenn sich etwas Geld angesammelt hat, auf dem Konto, in meiner Brieftasche, wenn ich weniger Geld gebraucht habe als vorgesehen, wenn sich eine Rechnung verzögert …

Ich weiss, sie wird noch kommen, ich weiss, aber wenn sie erst kommen wird, dann werde ich immer noch einen Monat Zeit haben, die Finanzen wieder zu regulieren, und bei unsereinem dauert ein Monat lang. Bei dieser Gelegenheit möchte ich darauf hinweisen, dass ich keine Schulden habe, beinahe keine, und dass mich noch nie Zwangsvollstreckungen oder Pfändungen heimgesucht haben. Ich habe nicht einmal eine Fiche beim Betreibungsamt. Wenn sich also eine Rechnung verzögert hat und etwas Geld vorhanden ist, dann kann es vorkommen – selten

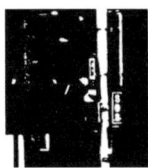 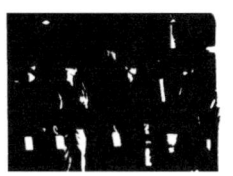 Theater

genug –, dass ich meine Gestalt wechsle. Genauso wie Superman oder wie der Prinz im Märchen. Ich hole mein weisses Hemd aus dem Schrank – ich besitze nur noch ein einziges, benötige auch nicht weitere, denn meine Existenz bedarf keiner weissen Hemden. Indes gehört zu meinen heimlichen Festivitäten ein blütenweisses Hemd. Nur mit einem frisch gebügelten weissen Hemd gehe ich ins Casino. Ins Casino der Nachbarstadt selbstverständlich, aus Furcht vor Überwachung. Der Aufenthalt im Spielcasino ist mein grösstes Vergnügen, eigentlich das einzige, das ich trotz bescheidener Mittel immer noch habe.

Ich bin ein Realist und weiss, dass ich das mitgenommene Geld bis auf den letzten Fünfer verspiele. Das tun auch alle anderen. Dabei mache ich mir keine Illusionen über meine Finanzmacht. Allerdings auch keine über diejenige der anderen Spieler. Alle spielen mit bescheidener Potenz. Allen geht das Geld aus. Wer wirklich viel Geld besitzt, braucht sich nicht im Casino zu langweilen. Alle verlieren. Obwohl jeder von der Absicht beseelt ist, schafft es keiner, die Bank zu sprengen, die kühle Croupière mit dem unergründlichen Lächeln, das noch fader ist als dasjenige der Stewardess nach Kuba, in die Knie zu zwingen und sie den Bankrott erklären zu lassen. Unerreichbare Phantasien.

Die meisten spielen an den bunten Automaten, die aussehen wie amerikanische Kinderspielzeuge. Ich aber pflege an die Tische zu gehen. Die längste Zeit geniesse ich es, zu meinesgleichen zu gehören, diesmal nicht zu den IRA-Rentenbezügern, sondern zu den Menschen in ihrer Gesamtheit. Im Casino sind alle Menschen gleich, im Casino sind alle Verlierer an der grossen Maschine, die Glück heisst und Glück verheisst, an der Weltmaschine. Alle geben sich konzentriert überlegen und doch entspannt, alle spie-

len mit den Plastikjetons, den grossen farbigen Spielmarken. Alle sind wieder Kinder. Darum ist es auch so laut und ordinär in den Casinos, nichts von der Distinguiertheit, wie uns die Kinofilme weismachen wollen.

Im Casino kann jeder den liquiden Menschen spielen. Keiner weiss, wie viel Geld der andere im Sack oder auf dem Konto hat – oder wie viele Schulden. Jeder kann also den grossen, dicken, reichen Macker spielen, und jeder spielt zweierlei Spiele: Das Spiel gegen die Bank – das er immer verliert – und das Spiel gegen den Nachbarn. Das er immer gewinnt. Jedenfalls vor sich selbst, ausser er sei ein derartiger Stümper, dass er den Verlust seines Einsatzes, seines Kapitals, wirklich bedauert und dieses Bedauern auch noch auf dem Gesicht spazieren trägt. Er darf es aber nicht bedauern, denn wir all verlieren im Leben und schütten Geld in die grosse Mutter, von der wir nie versiegende Brüste voller Muttergold erträumen.

Natürlich sind kleinere Unterschiede zwischen den Menschen auszumachen, kleine Nuancen der Individualität und des Charakters, und diese zu studieren und heimlich nachzuahmen. Mich in kleinsten Regungen von anderen Spielern zu versetzen, sie voller Heimlichkeit zu imitieren ist eine Lust, die mir noch und noch die bunten Plastikjetons wert ist, die ich hinwerfe, hinschiebe, hinhäufle, die mir mit dem Rateau entzogen oder bei Gewinn wieder zugeschoben werden, die ich dann eher nachlässig-beiläufig zu mir heranschaufle. Dann und wann – ehrlich gesagt stockselten, denn Gewinnintermezzi sind äusserst rar – schiebe ich der Croupière einen Jeton heimlich-auffällig zu. Diese Momente, in denen ich also einen Fünfziger locker abgebe und das kurze Aufhellen des unergründlichen Lächelns freundlich-unverbindlich entge-

gennehme, sind die allerintensivsten in meinem Leben – und nie, nie werde ich sie bereuen. Genau so wenig wie das beiläufige Räuspern, die kurzen Blicke an die Decke, das leichte Stirnrunzeln, wenn die Kugel über die séparateurs stolpert, all das sind herrliche Momente voller süssester Lust. Natürlich bleibt am Schluss nichts übrig, nie, nie ein bunter Jeton, der in Bares zurückzuverwandeln wäre, denn das würde ja bedeuten, ich hätte das Vergnügen vorzeitig abgebrochen zugunsten schnöden Geldes, mit dem ohnehin nichts Nützliches anzufangen ist.

Bei diesen seltenen Ausflügen in die benachbarte Halbgrossstadt besuche ich gelegentlich auch die einschlägigen Autogaragen und lasse mir die neuen Wagen vorführen. Natürlich bin ich auch schon angebrannt. Die ganz noblen Firmen zeigen nur auf Voranmeldung und sind an sogenannter Laufkundschaft gar nicht interessiert. Ich frequentiere, nein, frequentieren ist zu viel gesagt, ich besuche die nicht ganz Grossen, die aber doch Grosswagen im Sortiment haben und die das Maul weit aufreissen, da sie ihren Marktanteil vergrössern wollen. Die also auf undurchsichtige Kunden, wie ich einer bin, angewiesen sind. Ich gehe davon aus, dass die meisten der Verkäufer eine gute Nase haben und mir mein Gebrechen ansehen, die allermeisten; was sie jedoch nicht sehen, und was das Ganze spannend macht: Wenn sie auch meine Underdoglage realisieren, wissen sie nicht, ob ich nicht doch über Geld verfüge. Mehr noch, ob ich nicht einer der nicht so seltenen Dummköpfe bin, die trotz Geldmangel zu einem Leasinggeschäftchen zu überreden sind, oder ein Privatgauner, der seiner dementen Tante das Konto plündert. Ich lasse mir des langen und

breiten die Vorzüge der einzelnen Modelle aufzählen, besichtige mit distanziert-wohlwollender Miene den Wageninnenraum, die Fensterheber, die Türverriegelung, das Easy-Facility-Getriebe, den Kofferraum, die Bremsen mit der computergesteuerten Ventilierung, den doppelten Turbolader, die gestufte elektronische Vorzündung, das automatische, eurokompatible Navigationssystem in fünf Sprachen, lasse mir auch alle fünf Sprachen einzeln vorführen, lasse den Verkäufer somit ein wenig schwitzen, damit er froh ist, wenn er mich auf eine Probefahrt schicken kann. Diese dauert im Allgemeinen nicht sonderlich lange; ich fahre ausgesprochen ungern Auto, mir ist der öffentliche Verkehr lieber, so dass ich meist nur bis zur nächsten Brasserie rolle, um dort mit dem Wagen ein wenig anzugeben und einen Kaffee zu trinken.

Ab und zu besuche ich meine Mutter. Eigentlich ziemlich regelmässig. Die Besuche laufen stereotyp ab. Sie kocht das Mittagessen; ich bringe etwas aus dem Supermarkt zum Kaffee mit. Viel gibt es nicht zu reden. In ihrem Leben läuft nichts, genau so wenig wie in meinem. Sie wird älter, vergisst zwischendurch das Spaghettiwasser zu salzen, was mich ärgert. Warum muss sie vergesslich werden? Sie hat nicht viel, woran sie denken muss, so könnte sie doch ganz gut daran denken, das Spaghettiwasser rechtzeitig zu salzen, denn bekanntlich schmecken Spaghetti nicht, wenn man sie nachträglich salzt.

Sie ist auch komisch, wenn wir gemeinsam an einem Familienanlass sind. Absonderlich. Unnatürlich. Vor allem, wenn sie in meiner Nähe sitzt. Natürlich schämt sie sich meinetwegen. Alle sind sie unnatürlich, die Verwandten, und ich versuche, an Be-

erdigungen oder so, mich rechtzeitig wegzuschleichen, um der Familienscham ein Ende zu setzen. Leichenmahl heisst das in unserer Sippe; und obwohl diese auch nicht mehr so religiös ist wie früher, wird das Leichenmahl immer noch gepflegt, zu meinem Ärger, denn nichts geht mir mehr auf die Nerven.

In meiner Verwandtschaft haben es alle zu etwas gebracht. Was dieses etwas ist, wozu sie es gebracht haben, interessiert mich nicht und würde mich genau so wenig interessieren, wenn auch ich es zu etwas gebracht hätte und somit immer noch jemand wäre. Um meine Erfolglosigkeit wissen sie alle und meiden das Thema wie den Gottseibeiuns. Keiner spricht darüber, keiner fragt mich nach meinem Befinden. Einen Unheilbaren fragt man nicht.

Da ich niemand bin, da ich ein offiziell Unwerter bin, so werde ich auch nicht mehr nach meinem weiteren Werden gefragt, nach meiner Zukunft. Die Philosophen behaupten zwar, der Mensch existiere nur in seinem Werden, er werde also unablässig; sie scheinen allerdings uns Unwerte nicht im Auge gehabt zu haben, denn unser Werden ist reines Nichtwerden, ist ein reiner Negationsprozess.

Meine zwei Geschwister – beide älter als ich und verheiratet, in untergeordneten Stellungen, aber immerhin arbeitend – sitzen auch auf dem Mund. Sie schämen sich meinetwegen, sowohl voreinander als auch kollektiv vor der ganzen Welt. Über meine chronische Untätigkeit. Und über den Umstand, dass ausgerechnet in unserer Familie …

Darüber hinaus fürchtet man womöglich, dass meiner Unbrauchbarkeit ein genetischer Defekt zugrunde liege, der sich durch das Familienerbgut schleicht, und dass somit da und dort

weitere mir ähnliche abartige Exemplare an den Tag kommen und dem Sippenrenommee zusätzlich schaden könnten. Selbstverständlich hoffen alle heimlich, dass es eher an der Erziehung gelegen habe, in diesem Falle wären alle fein raus, ausgenommen meine Mutter, tja, sie müsste sich erst recht schämen und das tut sie auch – für sich und zusätzlich für den früh verstorbenen Vater, aber im Grunde, man weiss das ja, sind die Mütter entscheidend, vor allem in den ersten Monaten, Tagen, Stunden des Säuglings; sie sind ebenso verantwortlich für die Geburt, von der Schwangerschaft gar nicht zu reden. So steht es in jedem Psychobuch: Entscheidend für das Urvertrauen und somit für den späteren Erfolg oder Misserfolg im Leben ist die Mutterbrust und das ganze Drumherum. Deshalb schämt sich die weitere Verwandtschaft nicht nur für mich, sondern auch für meine Mutter und ihre Versäumnisse.

Ich selbst habe – trotz meiner sporadischen Psychologielektüre – nie so gedacht und erachte meine Schadhaftigkeit nicht als mutter- oder familienbedingt, sondern eher als Laune der Natur. So wie ich meine Mutter kenne, kann ich mir nicht vorstellen, dass sie je so grossen Anteil an meinem Schicksal gehabt, das heisst, so grosse Macht besessen hätte, meine Seele derart durcheinander zu bringen und funktionsuntauglich zu machen. Es ist ihr da also von meiner Seite her nichts vorzuwerfen. Wir wurden erzogen, wie man halt eben erzogen wird, und meine Eltern haben sich die zivilisationsübliche Mühe gegeben, jedenfalls kann ich mich an nichts anderes erinnern. Mich beschäftigt das alles längst nicht mehr; nur die Faxen, die meine Mutter an solchen Familientreffen schneidet, ärgern mich. Ich habe es ihr einmal gesagt – vorgeworfen wäre das ehrlichere Wort. Sie hat es indes geleugnet und

vorgegeben, nicht zu wissen, wovon ich spreche.

Aber letztlich hat sie Recht. Es ist schändlich. Meine Existenz ist schändlich. Zumal ich nicht einmal ein offensichtliches Gebrechen an den Tag lege, das ich heroisch meistere und das man bei Begegnungen gepflegt ignorieren könnte, wenn man nicht gerade über die Hilfsmittel – Krücken oder Rollstuhl – stolpert. Bei mir ist es schlimmer, viel schlimmer. Psychisch. Geistig. Verhaltensmässig. Persönlichkeitsmässig. Bei mir ist alles gestört. Das Ganze ist gestört, nicht nur irgendein wichtiger Teil, Hände oder Beine, nein das Ganze. Das Ganze der Psyche, das Persönlichkeitspuzzle ist durcheinander geworfen und besteht aus inkompatiblen Seelenteilen. Doch meine ich, dass man sich während meiner Erziehung keineswegs in unterdurchschnittlicher Art und Weise bemüht hat, die Teile zu einem ansprechenden Ganzen zusammenzufügen. Es ging nicht. Prinzipiell nicht. Möglicherweise ging unterwegs auch einiges verloren, wurde verschluckt oder zertreten, was weiss ich, jedenfalls war ja das Resultat bei meinen späteren Reparaturversuchen um keinen Deut besser.

Unter einem blühenden Kirschbaum liege ich – auf einer meiner kleinen Weltfahrten, auf einer meiner kleinen Fluchten – und bin im Paradies. Für eine kurze Zeit, für ein Dösen am Nachmittag. Der Kirschbaum kümmert sich nicht um meine Wertlosigkeit, er ist so schön wie die schönste Braut, und sein Schleier legt sich im Winde über mein Gesicht. Der Kirschbaum schert sich nicht um meine Verworfenheit, er blüht für mich und er blüht für niemanden, sicherlich nicht für uns Menschen, er weiss von keiner Scheidung in Werte und Unwerte, er weiss auch nichts von einer Sprache, er

will kein Verstehen; nur ein leises Wispern senkt sich aus seinen zarten Blüten und Blättern zu mir herunter und wiegt meine Seele in Einklang und hebt sie in sein Geäst hinauf. Er weiss nichts vom Tod, und unter dem Kirschbaum brauche ich nicht zu sterben, brauche ich mich nicht vor dem Tod zu ängstigen, brauche ihn nicht zu ersehnen. Im sanften Wiegen der Äste, bin ich nicht mehr ich, und niemand bin ich. Ich bin versunken in des Baumes Liebe; ich bin gehüllt in seinen Schleier – in ihren Schleier, und meine Braut neigt sich zu mir und küsst mich, und ich brauche nicht und nie mehr ich oder ein anderer oder etwas und jemand zu sein. Ich brauche nicht mehr zu bestehen, auch nicht mehr in meinen Träumen, vor niemandem mehr, denn ihr Schleier ist unendlich zart und ihr Kosen wiegt mich in einen tiefen Schlaf, in einen ewig stummen Frieden. Ihr Paradies ist nicht mehr geschieden von meinem Schatten, ihr Licht leuchtet und blendet nicht und grenzt keine Schatten aus, ihr Schatten ist lieblich und licht und spielt mit der Sonne; ihr Leben, das kurze Leben ihrer Blüte lässt mein Dasein vergehen und nimmt mir den Schrecken meiner grenzenlosen Zeit. In ihrem Schatten bin ich erlöst. In ihrem Schatten aufersteht eine Welt, die keinen Tod kennt, denn in ihrem lichten Schatten ist mein Ende nur heiteres Entschwinden.

Drittens

In den Abgrund führen viele Wege. Der meinige war verschlungen und beschwerlich, und erst spät erkannte ich, dass Scheitern zu meinem Lebensprogramm gehört, dass Scheitern der eigentliche Inhalt, der Sinn meines Lebens ist, meine wesentliche existentielle Metamorphose.

Ursprünglich stellte ich mir vor, jeder Mensch werde mit Stärken und Schwächen geboren und wenn er seine Begabungen entsprechend ausbildet und fördert, so stehe einem erfolgreichen Gang durchs Leben nichts im Wege. Das war naiv, unendlich naiv, wie ich heute weiss. So naiv, so kindlich, dass ich mich heute über mich selbst wundere und mir nur soweit verzeihe, als solcher Unsinn ja auch – wider besseres Wissen, nehme ich an – allgemein propagiert wird.

Nein, bei gewissen, äusserlich durchaus unauffälligen Menschen – wie mein Beispiel zeigt – steckt der Wurm von Anfang an tief im Gedärm oder in der Seele und frisst sich langsam an die Oberfläche. Ich durchlief all die erforderlichen Ausbildungen. Nichts fiel mir einfach so in den Schoss, doch war ich immer bereit gewesen, den Schulstoff mit aller erforderlichen Hingabe zu studieren, zu repetieren und memorieren, und bestand auch ausnahmslos alle Prüfungen bis zum Fachmann für EDV-Netzwerk- und Systemprogrammierung und -modifikation. Gleichfalls lieferte ich gute Resultate bei den Semesterarbeiten, so dass nichts auf mein Scheitern hinwies; ich galt als ein zuverlässiger und fleissiger Student, der auch in den Praktika nicht ruhte, bis die letzten Fehler aus einem neu entwickelten System gekippt waren.

Einzig die sogenannten teambezogenen Projektarbeiten – eine Unsinnigkeit der modernen Pädagogik – waren mir ein Schrecken. Die simpelsten Programme wurden durch die vie-

len herumwerkelnden Mitstudenten unendlich kompliziert, und wenn ich einfachere Wege vorschlug, wurde ich beiseitegeschoben und regelmässig mit einer unbedeutenden Nebenaufgabe abgespeist. Womit ich mich meistens dem Frieden zuliebe abfand. Trotzdem kam es stets zu Spannungen und Reibereien, sobald das Projekt zusammengeschustert werden musste und sich reihenweise Fehler zeigten.

Wenn es dann an mir lag, die Resultate – Pfuschprogramme, die zum Himmel stanken – unter Riesenaufwand in Nachtstunden zu überholen, wenn am Schluss alles ordnungsgemäss lief, erhielt ich keinerlei Anerkennung dafür, im Gegenteil, man ging – wohl aus Neid und Eifersucht – geflissentlich darüber hinweg, dass ich es war, der die Arbeit gerettet hatte, und alles machte einen Bogen um mich.

Das war nicht einfach zu ertragen, aber es verdross und entmutigte mich nicht. Ich sammelte meine Bildungen und Weiterbildungen; ich schreckte vor keiner Schule, vor keinem Kurs, vor keinem Workshop zurück, obwohl es immer wieder einmal vorkam, dass ein Höhergestellter, Höherstudierter mich nach Art der Akademiker als Halbwegsgebildeten titulierte, womit er natürlich sagen wollte, dass ich gar nichts begriffen hätte. Heute weiss ich: Er hatte damit Recht. Sie alle hatten Recht. Immer.

Seinerzeit meinte die Berufsberaterin, zu der mich die Eltern schickten, ich hätte Sinn für Reihen und Strukturen, für formale Abläufe und logische Verknüpfungen und riet zu einer entsprechenden Laufbahn. Ich ging darauf ein, nahm diese Begabung hin, wie man anderes hinnimmt, lernte, studierte Programmierung. Begeistert war ich nie davon, weder von der EDV noch von meiner Begabung.

102

Die Rückmeldungen aus den Praktika hätten mich ein erstes Mal warnen müssen. Man lobte meine Genauigkeit, beschrieb mich aber als umständlich und verbohrt. Waren das erst auch nur einzelne flüchtige Bemerkungen, so wiederholten sich diese Hinweise und wurden mir schliesslich bei meinen Arbeitsstellen zum Verhängnis. Ich galt als kompliziert, perfektionistisch, detailversessen, ohne Sinn fürs Ganze, ohne Überblick, ohne Verstand für betriebliche Erfordernisse, galt als unfähig, unternehmensorientiert zu denken, als nicht teamkompatibel, nicht verhandlungsresistent, weltfern, erwartungsunsensitiv, hierarchietrotzig, kurz: Ich verstünde ganz einfach nicht, was die Leute wollten.

Nirgends. Ich wechselte die Stellen; ich warf mich an jedem neuen Ort mit Elan auf alles, was mir vorgesetzt wurde, und ruhte nicht, bis ich die optimale Lösung gefunden hatte. Ich nahm Arbeit mit nach Hause; ich sass an den Wochenenden an den Programmcodes, tüftelte an Varianten, verkürzte Entscheidungsbäume, straffte Verbindungen, war bereit, noch und noch neu anzufangen – es half nichts. Immer wieder strandete ich an denselben Qualifikationen, besser: Disqualifikationen.

All dem konnte ich nichts entgegensetzen. Ich widersprach auch nie, wehrte mich nie, zog nie die Anwürfe in Zweifel, auch wenn sie noch so hart und ungerecht waren. Dabei bin ich in meinem Innersten noch immer überzeugt, an sämtlichen Arbeitsplätzen mein Bestes gegeben zu haben, und dieses Beste war das fachlich und sachlich Beste und nicht etwa eine willkürliche Ausgeburt von irgendwelchen Privatmacken, wie ich es rund um mich erleben musste. Meine Arbeit war gezeichnet von Logik, Präzision und Sachverstand. Wenn ich länger als andere, die ich als EDV-Wurstler bezeichnen muss, mit einem Projekt beschäftigt

war, wenn ich Fristen überschritt, wenn ich Fristen überschreiten musste, so lag das stets an den Fehlern und Unzulänglichkeiten meiner Auftraggeber, respektive an den unpräzisen, ja schludrig abgefassten Zielsetzungen, die ich erst mühselig auf die Reihe bringen musste.

Trotz allem: Ich schaffte es nicht. Man schob mich ab, früher oder später. An einen anderen Platz. In eine andere Abteilung. Irgendwo an den Rand. Schliesslich auf den Arbeitsmarkt. An eine andere Stelle. Meine Jobs dauerten immer weniger lang. Es folgten erste Zeiten der Arbeitslosigkeit, die ich Narr vor mir selbst mit der schlechten Wirtschaftslage und der Reduktion des Personalbestandes begründete. Die Stellensuche dauerte jedes Mal länger – logisch, der Wurm frass sich langsam durch bis an die Oberfläche. An meine Oberfläche.

Manchmal frage ich mich, ob hinter meiner Unfähigkeit, mich den Erwartungen der Anderen anzupassen, weniger eine ursprüngliche Schwäche, sondern umgekehrt, ein allzu frühes Altern stecke. Womöglich hatte ich meinen bescheidenen Zenit schon im Schulalter überschritten und bin vorzeitig zu einem sozialen Greis heruntergekommen, unfähig, ausserhalb meiner fixen Denkstrukturen etwas Neues aufnehmen zu können.

Immerhin: Ich gab nicht auf. Wenn ich eine Stelle gefunden hatte, setzte ich mich noch mehr ein, arbeitete auch nachts, gönnte mir keine Ruhe, wurde aber mehr und mehr kritisiert, ich verstünde nicht, worum es gehe, ich sei zu umständlich, zu starrsinnig, ich sei unflexibel, nicht anpassungsfähig, nicht projektbezogen – oder allzu projektbezogen –, nicht teambezogen, nicht kundenbezogen, nicht zielorientiert. Mein Schlaf litt, das heisst, ich schlief kaum noch; Schlafmittel halfen nicht, schluckte ich sie

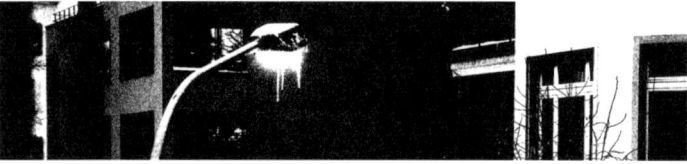

doch erst in den frühen Morgenstunden. Schwindel, Übelkeit, Erbrechen stellten sich ein; ich nahm an Gewicht zu, suchte irgendwann den Hausarzt auf, der nichts fand, jedenfalls nichts Krankhaftes, auch nicht Zucker im Blut oder erhöhte Harnsäure, wie er mir glaubhaft versicherte, allerdings extreme Bewegungsarmut. Kein Wunder, ich bewegte nur die PC-Maus. Verordnete Erholung trat ich nicht an, wie sollte ich; ich hatte keine Zeit. Ich sprach mit niemandem mehr, war wieder arbeitslos, an der nächsten Stelle überlebte ich immerhin die Probezeit, doch dann wurde mir eines Tages erneut nahegelegt, mich doch vielleicht besser woanders zu bewerben.

Weiteres entschwand meinen Sinnen, denn ich musste ohnmächtig geworden sein oder weiss ich was, jedenfalls war nichts mehr, und bald war ich wieder beim Hausarzt, der mich krankschrieb. Auf unbestimmte Zeit. Das hiess natürlich, dass das Arbeitsamt die Hände in den Schoss legte und nichts mehr für mich tat, denn Kranke sind auf dem Markt nicht vermittelbar. Und haben kein Anrecht auf Arbeitslosengeld. Naheliegend. Eine andere Versicherung zahlte, aber das half auch nicht weiter, denn das Nagen des Wurms in mir hörte nicht auf, im Gegenteil; er schien sich in seiner und meiner neuen Lage besonders wohl zu fühlen – ich werde es hoffentlich kurz machen können mit der Beschreibung dieser Vorgänge, die tausendfach ablaufen und sämtlichen Integratoren dieser Tagung so bekannt sind, dass sie ihrer längst überdrüssig geworden sind.

Schliesslich war ich doch wieder arbeitsfähig, oder potentiell arbeitsfähig, versuchsweise arbeitsfähig, unter Verdacht arbeitsfähig; ich wurde in Kurse geschickt und absolvierte vorschriftsgemäss die entsprechenden Arbeitslosenprogramme. Ich lernte

alles, was man von mir verlangte. Ich erhielt trotzdem keine Stelle. Logisch. Der Haken an der Sache hatte sich nicht geändert. Ich selbst war der Haken, ich allein. Eines der Kursmodule hiess «Wie bewerbe ich mich erfolgreich?» Natürlich: Ich kann ohne weiteres auswendig lernen, wie man sich erfolgreich bewirbt. Ich kann mich im Schlaf erfolgreich bewerben. Aber ich kann mich nicht erfolgreich benehmen.

Ich weiss nicht, was Erfolg ist. Erfolg ist das, was die Anderen unter Erfolg verstehen, die Erfolgreichen. Die Werterfolgreichen, die Wertfolgsamen, die unter sich verstehen, die unter sich ausmachen, was Werte sind, was nutzt, was gefragt und gesucht und gewünscht ist. Ich weiss es nicht.

Ich wurde auch zu PC-Kursen verknurrt, unklar, ob man nichts Besseres für mich hatte oder aus Gedankenlosigkeit – den Koch zu den Töpfen, den EDV-Menschen zu den Computern – oder aus Strafgründen, weil ich es an den mühsam vermittelten Stellen trotz meiner Qualifikationen nie über die Probezeit hinaus schaffte und das Arbeitsamt von neuem behelligte. Das blieb mir nicht verborgen: Ich belästigte die Beamten; ich ging ihnen auf die Nerven, obwohl das keineswegs meine Absicht war und ich mich in meinem Tiefsten als friedliebenden, ja Harmonie ersehnenden Menschen kenne.

Ich besuchte entsprechende Kurse, regelmässig, machte die Hausaufgaben, absolvierte die Prüfungen, erhielt Kursdiplome. Ich besitze einen Stapel davon, studiere ab und zu die Zertifikate. Generell gilt: Je vollmundiger die Texte, desto weniger sind sie wert. Genau genommen lassen sie sich aber überhaupt nicht voneinander abgrenzen. Sie sind alle nichts wert. Sie sind genau so wenig wert wie ihre Empfänger. Nichts. Gar nichts. Ich stapelte

sie trotzdem, und nun bin ich zu träge, sie zu entsorgen. Es ist mir immerhin bewusst, wie viel sie alle gekostet haben. Die Ämter. Geld. Und mich. Mühe.

Trotzdem. Nichts. Mich brauchte niemand, mich wollte niemand. Es war eine Frage der Zeit, bis ich beim Arbeitsamt ausgesteuert werden würde. Dann würde das Sozialamt, die Fürsorge folgen, keine Frage. Freilich: Ich konnte mich jederzeit umbringen. Um niemandem mehr zur Last zu fallen. Doch weiss ich nicht, ob ich den Mut dazu gehabt hätte, zu dieser letzten Konsequenz. Aus heutiger Sicht weiss ich sogar, dass er nicht gereicht hätte, mein Mut. Ja diese Mutlosigkeit, diese Suizidmutlosigkeit gehört im Gegenteil zu meiner Behinderung, ist Bestandteil davon. Meine Lebensuntüchtigkeit, meine Berufsuntüchtigkeit macht mich auch unfähig zum Selbstmord. Ich bin suiziduntüchtig. So bin und bleibe ich auf unabsehbare Zeit eine allgemeine Last.

Irgendwann schickte man mich wieder zur medizinischen Abklärung; etwas musste mit mir los sein. Der Hausarzt untersuchte. Was er sich dabei dachte, weiss ich nicht. Er behandelte meine verschiedenen Beschwerden mit entsprechenden Medikamenten: Betablockern, Beruhigungsmitteln, schmerzlindernden Massnahmen, mit Physiotherapie. Nichts half wirklich, was ihn nicht verwunderte – und mich im Grunde auch nicht. Ich wusste nicht, was ich von ihm erwartete. Ich wusste, dass etwas nicht stimmte, dass mit mir etwas nicht stimmte, jedenfalls ersah ich das aus dem Blick der jungen Praxisassistentin, die jedes Mal die Augen zum Himmel hob, wenn ich wieder aufkreuzte. Sie war stummes Sprachrohr ihres Chefs, und ich konnte aus ihrem schnippischen

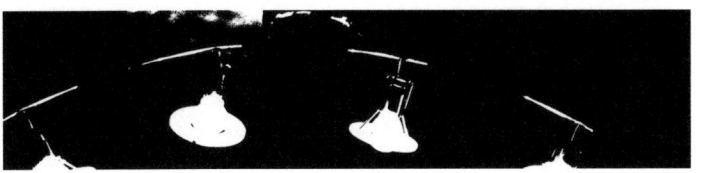

Verhalten auf seine Einschätzung meiner Pathologie schliessen. Nahm ich allen Mut zusammen und versuchte bei ihr, irgendwie dahinter zu kommen, hinter die ärztliche Einschätzung meines Wurmfrasses, dann zierte sie sich und zuckte kurz mit den Schultern. Sie war hübsch, und ich hätte gern mit ihr ein wenig geplaudert, einfach so, aber wie plaudert man als arbeitsloser, halbundhalbarbeitsunfähiger, schlaflosigkeitsgeplagter, aber sonst nichts hergebender Patient mit einer attraktiven, deutlich jüngeren Assistentin, die sich langweilt? Ich war nichts. Nicht einmal ein richtiger Patient mit einer richtigen Krankheit. Ich bedeutete nichts. Ich war einer aus dem Heer der Dauerbeschwerdenschlepper, denen man es ohnehin nicht recht machen konnte. Man tat also das gerade Nächstliegende. Mehr nicht. Mehr war nicht zu tun.

Nach einer langen Reihe von erfolglosen Behandlungsversuchen wurde ich einem Psychiater überwiesen. Da ging ich hin und dachte mir nichts dabei, lernte hingegen, dass offenbar die Psychiater in der Hauptsache für die misserfolgversprechenden Menschen zuständig sind. Ich gehe noch immer hin, nicht mehr so häufig wie am Anfang. Ich weiss eigentlich nicht, was er mit mir tut, was er mit mir getan hat. Natürlich gelang es ihm nicht, mich zu heilen. Ich bin unbehandelbar. Ich weiss auch nicht, was er mit den anderen tut, die bei ihm ein- und ausgehen. Es ist mir auch egal, es ist mir sogar egal, ob er bei den anderen mehr Erfolg hat als bei mir.

Als ich ihn zum ersten Mal aufsuchte, hatte ich keine präzisen Erwartungen. Allerhöchstens überspannte Phantasien, er könne mit irgend einer magischen Bewegung die lose Schraube in meinem Gehirn eindrehen, den fehlerhaften Schalter umstellen, oder besser, er könne jenes Hirnrindenareal aktivieren, das anschei-

nend ausgekoppelt ist und mit welchem Erwartungen und Wünsche anderer Leute wahrgenommen und verarbeitet werden.

Ich war nicht enttäuscht, als sich nichts davon bei ihm einstellte. Ich war auch Realist genug, solche Phantasien als reine Sience-Fiction-Spielereien zu enttarnen. Ich war nicht einmal enttäuscht, dass er mir keine Behandlung anbot, sondern lediglich weitere Gespräche, sozusagen eine Begleitung in meiner schwierigen Lage. Immerhin, das schien er erkannt zu haben: meine schwierige Lage.

Wenn er mich nicht heilt und wenn er den Wurmfrass nur etwas hinauszögert, so mag einer fragen, warum ich immer noch hingehe. Natürlich habe ich mir die Frage auch schon gestellt. Ich weiss wie gesagt nicht einmal, was er mit mir tut. Er redet, allerdings wenig, lässt vielmehr mich reden – oder schweigen – und zeigt ein gewisses Verständnis, was ja zu seiner Profession gehört. Vielleicht gehe ich gerade darum hin, weil er kein guter, sondern ein schlechter Psychiater ist und mich infolgedessen nicht heilen kann.

Die schlechten können nicht heilen. Die guten können es. So liest man es wenigstens in den Büchern. In den Büchern der Erfolgreichen. Ebenso im Internet. Ich habe dort herumgesucht. Die Art meiner Störung – die Zünftigen reden nicht von Krankheit, sondern von Störung, was die Sache nicht angenehmer macht, ich bin also gestört und nicht krank. Ich wäre allerdings lieber krank, kann es mir aber nicht aussuchen –, die Art meiner Störung sei schwer anzugehen. Nichts für Feld-, Wald- und Wiesenpraktiker. Höchstens in einem für meine Art von Wurmfrass spezialisierten Zentrum sei Rettung möglich. Schreiben die Zentren. Solche Sprüche durchschaue sogar ich. Auf Grund meiner Berufserfah-

rungen. Das ist das Übliche. Das schreibt man, wenn man nichts anderes weiss und kann. Um Dumme zu finden und den anderen das Wasser abzugraben. Wer nichts kann, spezialisiert sich und eröffnet ein Zentrum. Mittlerweile vermute ich jedoch, dass die Art von Störungen, unter denen ich leide, nicht heilbar ist. Aufhaltbar vielleicht. Der Wurmfrass kann in günstigen Fällen gebremst werden. Das Ganze scheint jedenfalls kontrovers zu sein, und ab und zu besuche ich die einschlägigen Psychotherapeutenforen im Internet, um die Streitigkeiten zu verfolgen.

Warum also habe ich nicht längst gewechselt? Zu einem Behandlungsmächtigeren, Erfolgreicheren? Vielleicht, weil er, mein erfolgloser Psychiater, sich dann Sorgen machte. Dass ich in falsche Hände geraten könnte. Die gleichen Sorgen würde auch ich mir machen. Ich will nämlich gar nicht behandelt werden; es gibt nichts zu behandeln, rein gar nichts, ich bin nicht zu ändern, und mein Psychiater war der erste, der das erkannt und anerkannt hat und der mich nicht ändern will. Allerdings sorgt er sich nicht nur um mich, sondern um alle anderen auch, er sorgt sich auch um die Welt, und es ist zu hoffen, ich hoffe es jedenfalls innig, dass sich irgendwer um ihn sorgt, denn seine oft bekümmerte Miene lässt mich manchmal daran zweifeln. Ich habe es bis jetzt allerdings nicht gewagt zu fragen, ob sich jemand um ihn sorge.

Irgendwie steht er mir – auch wenn ich ihn längst nicht mehr so häufig wie früher besuche –, auf eine ganz besondere Art nahe, was wohl lediglich damit zu tun hat, dass ich ihm Dinge erzähle, die ich anderen gegenüber verschweige. Nicht etwa aus Scham, sondern im Bewusstsein, dass meine Erlebnisse, die gegenwärtigen und die früheren, auch die kindheitlichen, ein Ausbund an Unbemerkenswertigkeiten sind.

Das Leiden meines Psychiaters ist mir in gewissem Sinne ein Trost, obwohl ich nicht wirklich weiss, ob er leidet, und ich mich auch unterstehe, ihn zu fragen. Vielleicht weiss er es selbst nicht. Ich bin das Gegenteil eines Seelenfachmannes, weiss Gott, hatte ich doch genau in diesem Bereich grundlegend versagt. Und doch bleibt mir sein Arztmitleiden nicht verborgen, ja ich denke, hierin durchschaute ich ihn, ihn, der wohl hofft, etwas von der menschlichen Bürde, von der Schuld des Menschen auf seine eigenen Schultern laden zu können, wo doch jedermann weiss, dass menschliche Lasten nicht übertragbar sind.

Er scheint sich so viele Gedanken und Sorgen um mich zu machen, dass auch ich begonnen habe, mir solche um ihn zu machen, die ich zwar nie ausdrücke, die mich aber doch bewegen, so dass ich wohl noch nie über einen Menschen so viel nachgedacht habe wie über meinen Psychiater, und wenn ich auch nichts über ihn weiss und ihn also gar nicht wirklich kenne, so meine ich doch, ihm in gewisser Weise tief in die Seele geschaut zu haben.

Umgekehrt zweifle ich ab und zu, ob unsereiner immer noch eine Seele hat oder ob sie uns beim Übertritt vom Stand der Wertvollen in die Hölle der Wertlosen entzogen wird. Ich fragte einmal den Psychiater nach seiner Meinung, doch tat er so, als hätte er meine Frage nicht verstanden, gab sich also – wie nicht selten – eigenartig begriffsstutzig. Ohnehin neigt er dazu – ausgerechnet er, der Seelenspezialist – tiefsinnigeren Betrachtungen auszuweichen und sich ans Konkrete, Lebenspraktische zu halten. Er scheint solche Einfälle für Anzeichen eines schwelenden Zynismus meinerseits zu halten, dem es mit sanft-autoritären Mitteln entgegenzutreten gilt. Natürlich verdient er Geld mit seiner dauernden Sorge und Kümmernis, und damit sollte sein Aufwand ja 111

auch abgegolten sein. Aber ich bin mir nicht ganz sicher, ob er es auch geniessen kann, das Geld, das er verdient, oder ob er selbst im Laufe der wertlosen und erfolglosen Behandlung der Unwerten irgendeinmal in seiner eigenen Seele zerbricht.

Die Begleitung des Psychiaters besserte meine schwierige berufliche Lage keineswegs, im Gegenteil, sein bekümmertes Gesicht, sein zu Zeiten melancholischer Blick, sein verhaltener Seufzer beim Gang zur Agenda am Ende der Stunde bewies mir nochmals die Ernsthaftigkeit meiner Lebenssituation.

Schlimmer noch: Irgendwann war klar, dass ich definitiv nie und nimmer eine Stelle erhalten würde. Dass ich nicht zu vermitteln war. Auf dem Arbeitsamt wurde mir das verdeutlicht. Es war keine Überraschung. Die Gespräche mit der Vermittlerin waren immer rarer und kürzer geworden. Nur allzu verständlich: Sie widmete ihre Zeit lieber erfolgversprechenderen Klienten, damit ihr eigener Produktivitätsquotient nicht in den Keller fiel. Schliesslich riet sie mir unumwunden zum Gang zur – nein, nicht zur Sozialfürsorge. Sondern zur IRA. Zur Invalidenrentenanstalt. Und – sie wolle mir nicht zu nahe treten, betonte sie – zu einem Psychiater. Bei mir hapere es woanders. Tiefer drin. Im Seelischen, im Menschlichen, im Zwischenmenschlichen, und da könne wohl ein erfahrener Seelenarzt …

Auf meine Antwort hin, ich sei schon an entsprechendem Ort, atmete die Beamtin sichtlich auf. Ich schien für sie an jenem Tag die grösste Hürde gewesen zu sein, denn beglückt meinte sie, dann sei ja alles gut und sie könne meine Akte schliessen. Zum Abschied drückte sie mir ein Rentenversicherungsformular in die Hände und wünschte mir – ja, sie wünschte mir viel Erfolg. Der

Psychiater nickte schwach mit dem Kopf, als ich ihm davon er-

zählte. Dann meinte er, ich hätte wohl keine andere Wahl und er würde mich bei einem entsprechenden Gesuch unterstützen. Das tat er dann auch, im Rahmen seiner Möglichkeiten, die sichtlich begrenzt waren.

Vor nicht langer Zeit riss mich die Angst aus einem Traum, aus einem Traum von meinem Psychiater: In seiner Schwermut irrte er durch die Strassen der Stadt. Seine Erfolglosigkeit hatte ihm schliesslich einen Strick gedreht. Man hatte ihm von Amtes wegen nachgestellt, hatte ihn evaluiert und ihm seine Misserfolgsquote schwarz auf weiss nachgewiesen. Man hatte ihm sogleich folgerichtig die weitere Krankenkassenentlöhnung gestrichen und in der Nacht das Praxisschild neben seiner Pforte weggeschraubt. Ich musste mir einen neuen – diesmal erfolgreichen – Seelenarzt suchen, der meine Seele, dessen war ich im Traum gewiss, im Heilen zerstören würde.

Jener Tag wird mir bis zu meinem Ende als der Schlimmste in Erinnerung bleiben. Jener Tag, an dem ich das seit langem herumliegende Invalidenrentenanstaltsformular ausfüllte und in den Briefkasten warf. Jener Tag, an dem ich aufgab. Meine Kapitulation unterschrieb und mein Schicksal definitiv in die Hände anderer legte. Jener Tag, an dem mein Seelenwurm gänzlich an die Oberfläche gelangt war und sich meine ganze Persönlichkeit, mehr noch, meine ganze Einstellung mir selbst gegenüber drastisch änderte. Die Farbe meiner Seele wechselte wie bei den aus der Chemie bekannten Säureindikatoren mit dem letzten Tropfen von violett auf giftrot. An jenem Tag geschah der Bruch. An jenem Tag vergab ich mein Leben und meine Existenz, vergab ich das

Vertrauen auf die Vorsehung und unterwarf mich der Gnade der Tapferen, der Starken, der Sieger.

Mit dem Einwerfen des Formulars in den Briefkasten überkam mich, ja packte mich ein Hass, den ich nicht im Geringsten vorausgeahnt hatte. Ich hatte gezweifelt, hatte gehadert, hatte hin und her überlegt, hatte mich endlich entschlossen. Doch als der Briefumschlag meiner Hand entglitt und im Schlitz verschwand, fuhr der Hass, der lange nur im mir geschlummert hatte, dann erwacht und giftig knurrend um die Beine geschlichen war, durch meine Glieder und biss mich da und biss mich dort, von innen her. Nie hätte ich erträumt, in den fürchterlichsten Visionen nicht, welcher Hass der Rentenantrag in mir auslösen würde, ein Hass, der meine Seele zu zerfetzen drohte.

Erst in diesem Moment erkannte ich mit einem Schlag, mit einer Helligkeit, die einer Erleuchtung gleicht, dass ich verworfen war, dass ich alle Hoffnung fahren lassen musste, alle Hoffnung, doch noch zum Kreise der Menschen- und Gottgefälligen zu gehören. Ich schrie vor Schmerz, lautlos schrie es in mir, unerhört, ungehört von allen Menschen rund um mich; ich schrie und weinte und doch blieb mein Auge tränenleer, und doch blieb mein Mund stumm, blieben meine Hände schlaff und kalt.

Ich bin verworfen in dieser Welt und in einer nächsten ebenso, denn Gott mag Arme erhören, er mag sie ins Paradies aufnehmen; mit Sicherheit aber hasst er die Versager ebenso wie sie sich selbst hassen. Ich bin nicht arm. Das ist das schlimmste Verhängnis. Der Arme kann wenigstens den Lauf der Welt oder deren Ungerechtigkeit beklagen oder über sein Schicksal schimpfen oder auf Kompensation im Jenseits hoffen. Der Arme hat einen Feind. Den Reichen. Ich habe keinen.

Lange hielt dieser Hass nicht an, bald wandelte er sich in eine durchschnittliche abschätzende und abschätzige Haltung mir selbst gegenüber - immerhin diese Ehrlichkeit brachte und bringe ich auf. Mein eigenes Scheintodesurteil blieb zwar. Aber mein Tod wandelte sich in ein fades Frohsein um die Gnade, die mir vorläufig noch gewährt wird. In das Gefühl, in einer klimatisierten, wohltemperierten Hölle zu sitzen, wo es nie heiss ist, sondern nur schalwarm, nie winterfrostig, sondern lediglich feuchtkühl.

Die Invalidenrentenanstalt machte sich die Sache keineswegs leicht. Gegenüber ihrem scharfen Blick waren dezidierte Worte nötig, um mir zur entsprechenden Rente zu verhelfen. Natürlich lieferte mein Psychiater die geforderten Arztberichte, doch dann geschah nichts, gar nichts, über die längste Zeit überhaupt gar nichts. Bis ich Bescheid erhielt.

Man plane für mich geeignete Programme und Projekte, um mich auf Vordermann zu bringen und in die Arbeitswelt zurückzuführen. Von daher kam ich ja gerade, und im Grunde konnte man mich nicht zurückführen, weil ich noch gar nie richtig darin gewesen war, denn mein Wandel in jenen Sphären war ja nur ein scheinbarer, vorgegaukelter gewesen.

Im ersten Augenblick dachte ich an Zwangsarbeit, stellte mir also vor, die IRA hätte Zugang zu irgendwelchen Arbeitsplätzen mit Zwangscharakter, das heisst, sie vermöge den entsprechenden Betrieb zu zwingen, mich als Mitarbeiter aufzunehmen und auf Dauer zu beschäftigen. Natürlich waren solche Ideen unsinnig und nur aus meinen trüben und inadäquaten Denkmustern zu erklären. Doch auf welche Weise sonst sollte der IRA gelingen, was

115

meinen eigenen lebenslangen Bemühungen verwehrt geblieben war?

Landdiensteinsätze kamen mir in den Sinn, paramilitärische Trupps, Umsiedelung in unbewohnte Gebiete mit dem Ziel der Urbarmachung verstepptem Geländes, und so abwegig diese Phantasien waren, so sehr riefen sie in mir einen noch nie erlebten Eroberungsdrang wach. Während kurzer Wochen träumte ich von bevorstehenden Abenteuern, in denen ich, der Gefallene, doch noch unter Opferung all meiner Kraft, meiner Gesundheit, meiner ganzen Vitalität, letztlich gar meines Lebens der Gemeinschaft nützliche Dienste erweisen würde.

Doch keine Abenteuerfahrten standen mir bevor, keine Entdeckungsreisen, sondern IRA-gestützte Rehabilitations- und Integrationsprogramme. Statt Arbeitslosenentschädigung erhielt ich nun ein Eingliederungstaggeld. Die Programme glichen aufs Haar den früheren der Arbeitsvermittlung, und an meiner Situation änderte sich nichts. Erfolgreich waren diese Bemühungen ebenso wenig. Längst war mir klar geworden, dass meine Chancen keineswegs steigen würden, denn Leute, die solche Kurse brauchen, wie ich sie erhielt, will niemand einstellen. Sie verheissen im besten Falle Umstände, im schlimmsten Ärger. Es wäre allerdings unfair, all den Kursintegratoren am Zeug zu flicken. Alle haben sich bemüht. Alle. Ich mich auch. Trotzdem war das Ganze ein Theater. Ich spielte in einem Theater mit, das einen geregelten und geordneten Ablauf hatte, ja das im Wesentlichen aus eben diesen Regeln bestand, dessen Sinn aber vollkommen absurd und mir –

und womöglich auch den anderen – unverständlich war, weil, wie

ich annehme, die Skripts, die einstudierten und einzustudierenden Rollen aus nicht zusammenpassenden Vorlagen stammten.

Denn die Idee der Reintegration – Integration vor Fürsorge, Eingliederung vor Rente – ist so naheliegend wie unsinnig. Uns braucht niemand. Man braucht nicht alle. Wenn ein System so gut funktioniert, dass es auf etliche – offensichtlich auf viele «etliche» – verzichten kann, und wenn es so gut funktioniert, dass es solche wie mich ausscheidet, das heisst, die zweifelsfrei Angeschlagenen und Schwachen entdeckt und konsequent herauspflückt – die Anzucht erdünnert, wie die Gärtner hierzulande sagen – so ist es vollkommen widersinnig, diese mit grosser Mühe und ebensolchen Kosten erneut in die Planwirtschaft einfügen zu wollen. Ich nehme an, der Sinn des ganzen Eingliederungsbusiness besteht in einer Art rite de passage, in einem Übergangsritual, um die Berentung nach geschlagener Schlacht und bewiesener Niederlage für alle glaubhaft und gerechtfertigt vorzunehmen.

Immerhin: Auch diesmal unterzog ich mich willig den Programmen und Projekten, setzte Ziele und liess mir Ziele setzen, ich, der zwar wusste, was ein widerspruchsfreies Datensystem, aber nicht, was ein menschliches Ziel ist. Längst waren all die wohlgemeinten Bemühungen der Eingliederungsbeamten für mich zu einem Zeremoniell geworden, dessen Ablauf ich mittlerweile präzis kannte und widerspruchslos nachvollzog. Da ich aus der Computerbranche kam, wurde ich auch da wieder in Kurse geschleust. Logisch. PC-Anwendung. Das ist ähnlich, wie wenn ein Waschmaschinenentwickler zum Wäschewaschen abkommandiert wird.

Die Folge davon war klar: Meine Bemühungen, meine Investitionen in diese neuen IRA-finanzierten Eingliederungsstätten wa-

ren fruchtlos. Übler. Sie verschlimmerten meinen seelischen Zustand, zeigten sie doch erst in aller Deutlichkeit, wo in dieser Welt, in dieser Gesellschaft ich gelandet war. Der Graben zwischen den In-die-Wirtschaft-Einzugliedernden und dem Eingliederungskader war hoffnungslos weit. Nicht, dass sie uns absichtlich niedergedrückt hätten, natürlich nicht. Sie gaben sich alle Mühe. Ich weiss zwar nicht, wofür genau sie sich Mühe gaben, aber sie gaben sich Mühe. Sie wollten ja auch ihre Arbeit rechtfertigen, was keine einfache Sache ist. Dies könnten sie ja nur, indem sie so erfolgreich wären, dass sie sich überflüssig machen würden. Davon sind sie allerdings weit entfernt. Sie wollten uns wohl beibringen, wie man sich in der Wirtschaft benehmen soll, um nicht aufzufallen. Um effizient zu sein.

Ich aber bin auffällig. Ich habe das bewiesen. Jahrelang. Nicht äusserlich, im Gegenteil, äusserlich stelle ich nichts Besonderes dar. Ich bin eine unauffällige Erscheinung, immerhin noch nicht verwahrlost, das heisst, meine Hemdkragen sind sauber, nicht mal besonders abgewetzt, da ich rechtzeitig neue Hemden kaufe, und zwar im Warenhaus, da sind sie am billigsten, wenn auch nicht besonders schick. Sie brauchen das nicht zu sein, schliesslich sind die Markenhemden nicht schicker, sondern tragen lediglich eine Marke. Die Integrationsspezialisten allerdings tragen Markenhemden, mit denen sie sich von den Schützlingen, den Kursteilnehmern, den Empfängern der Kursdiplome abgrenzen.

Wir sind Auffällige, und das empfinden wir nirgendwo besser als genau in diesen Förderstätten. Ich selbst spürte das ganz besonders schmerzlich. Denn vom ersten Tag an quälte mich ein böser Dämon, ein besonders niederträchtiger Peiniger meiner selbst: Ich verliebte mich. Ganz heimlich, ganz zart, ganz

rettungslos. Es war ihr Parfum, oder ihr leichtfüssiger Gang oder ihre unkomplizierte Freundlichkeit oder ein leichtes Blähen ihrer Nasenflügel, wenn sie lachte; es waren die Grübchen in den Wangen. Ich verliebte mich. Ich brachte es auch fertig, ich Idiot, in ihre Gruppe eingeteilt zu werden, ich Vollidiot, denn hätte ich auf die warnende Stimme in meinem Inneren gehört, die mir das Gegenteil zuraunte, die mir zur Flucht riet, so hätte ich mir manche schwere Stunde ersparen können. Warum musste ausgerechnet mir das passieren?

Was wir zu tun hatten – zu lernen, zu repetieren, zu besprechen, in den Büchern anzustreichen, in die Tastatur einzutippen, herumzumailen, herauszugoogeln –, war simpel. Nicht der Rede wert. Ausser für diejenigen, die es nicht begriffen und auch nie begreifen werden, aber dazu gehörte ich nicht. Ich hatte also im Grunde nichts zu denken und dachte nur an die Nasenflügel, an den Schottenwollstoff ihrer Jacke, an den Knoten ihrer Haare mit der roten Spange. Sie war wohl einige Jahre jünger als ich, unverheiratet, wie ich rasch herausfand, aber das heisst heutzutage nichts. Im Gegenteil. Sonst? Nichts. Natürlich hatte man neben dem sogenannten Schulischen auch Plauderkontakte. In den Kaffeepausen zum Beispiel. Allerdings wurden auch diese Begegnungen, wie ich längst erkannt hatte, in einer perfekt ritualisierten Form gepflegt. Jede faktische Macht bedarf des Rituals, um ihre magische Kraft zu bewahren. Ein Gemeinplatz, ich weiss, der aber doch ab und zu gesagt sein muss.

Man kultivierte untereinander eine Ungezwungenheit, welche die Unterschiede vertuscht und gleichzeitig verfestigt. Marthée – wir sprachen uns per Vornamen an, Betreuer und Betreute, was aber nichts zu bedeuten hatte –, Marthée war freundlich, überaus

freundlich, mit allen gleich freundlich, mit allen gleich verbindlich oder unverbindlich, auch mit mir, der ich nie wusste, ob ich ihre Nähe suchen sollte oder …

Der ich doch meist in ihrer Nähe sass. In den Pausen wurde Kaffee getrunken, Pulverkaffee von den einen, aus diesen Mugs, diesen schwerfälligen grossen Tassen; Stilbewusstere bevorzugten die Kaffeemaschine, deren elaborierte Einzeldosen deutlich mehr kosteten. Mir sind diese pseudoitalienischen Maschinen ein Gräuel. Zuhause bin ich noch nicht übers Filtrieren hinausgekommen. So gehörte auch ich zu den Mug-Trinkern, Marthée ebenfalls, was uns immerhin in einem gewissen Sinne verband. Marthée konnte freundlichst plaudern, herzlich lachen, sich jedem hinwenden, und ich wusste nicht, wie mich zu benehmen. Ich hätte ihr einen Antrag machen müssen. Heiraten. Oder wenigstens einmal ausgehen, oder ein Nachtessen oder …

Daran war nicht zu denken; ich hätte ein Tabu gebrochen, ich hätte mich schwerwiegend an der Rehabilitationsordnung vergangen. Ich hätte mich vor der ganzen Welt lächerlich gemacht, ich hätte ihr nicht mehr unter die Augen treten können, wenn sie abgelehnt hätte – natürlich hätte sie abgelehnt, sie hätte ablehnen müssen –, nie mehr hätte ich unter ihre Augen …

Ich hätte den Kurs schlagartig abbrechen müssen, was Konsequenzen gehabt hätte, mit Sicherheit finanzielle, denn die Kursbesuche wurden von den IRA-Zahlämtern kontrolliert und evaluiert, möglicherweise hätte ich auch mit angemessener Bestrafung rechnen müssen: Gefängnis oder Arbeitserziehungsanstalt; ich kenne die Sanktionsmöglichkeiten der IRA nicht. Ich sass also da, verwirrt und beschämt und schweigsam, und zu Hause sass ich da, einsam und sehnsüchtig wie ein Halbwüchsiger. Mei-

ne Lage war auch nicht viel anders als diejenige eines namenlosen, in seine Lehrerin verliebten Schülers.

Auf die Spitze trieb es Marthée – wiederum in einer Kaffeepause – als sie verlauten liess, sie tanze Salsa, tanze fürs Leben gern Salsa, sei nun aber ohne geeigneten Partner für den kommenden Tanzworkshop. Das hiess zwar noch nicht, dass sie nicht doch einen Freund hatte – sie trug zwar wechselnden Schmuck an der Hand, aber keinen Ehe- oder Verlobungsring. Es wäre meine Chance gewesen, denn möglicherweise streute sie diese Bemerkung – ritt sie der Teufel? –, um einen Tanzpartner zu finden.

Ich war kein Partner. Ich habe mein Lebtag noch nie Salsa getanzt; ich habe überhaupt noch nie getanzt. Ich hätte mich in die Hand beissen können vor Wut, dass ich es versäumt hatte, Salsa zu lernen, warum Himmelherrgottnochmal habe ich nie Salsa … Ich hätte doch Zeit gehabt, massig Zeit, Salsa tanzen zu lernen. Aber nun war es zu spät, ich konnte mich doch als Anfänger nicht anbieten, vermutlich tanzte Marthée schon seit Jahren Salsa, darum ihr katzenartiger Gang, seit Jahren und es wäre doppelt lächerlich gewesen, mich ihr mit einem dümmlichen Antrag anzubieten. Warum war mir Salsatanzen nie in den Sinn gekommen?

Ich zermarterte mich. Ein Teil meiner Hirnwindungen war der verrückten Idee verfallen, ich könnte jener IRA-Rehabilitationsbetreuerin und Salsatänzerin doch noch ins Auge stechen mit irgendwelchen Vorzügen, körperlichen Vorzügen. Damals, während der beruflichen Massnahmen, besuchte ich eine Weile lang auf ärztlichen Ratschlag hin ein Fitnesscenter – ohne Begeisterung –, um konditionell zuzulegen. Fiebrig begann ich zu phantasieren, dass ich es doch irgendwie schaffen würde; ich machte mir vor, ich könnte Ausdauer-Jogging oder hyperhartes Krafttraining

beginnen, um mich in kürzester Kürze aufzubauen. Ich grübelte an der Frage herum, ob es bei exzessivem Training – vielleicht in der Nacht, vielleicht kombiniert mit Aerobic oder Jazz – möglich wäre, doch noch auf einen Stand zu gelangen, auf dem ich als Tänzer für Marthée in Betracht kommen könnte.

Ich suchte im Internet nach Salsa-Seiten, wo ich auch Musik herunterlud, ebenso Salsa-Schrittkombinationen, kleine Videos mit Paaren, die solche Schritte vorführten, mit verwirrender Leichtigkeit. Ich probte allein vor dem Spiegel, wusste, dass es völlig unsinnig war, ich konnte keinen einzigen Schritt im Takt mittanzen. Die Folge war, dass ich überhaupt nicht mehr schlief und tagsüber entsprechend unkonzentriert und noch einsilbiger war als sonst. Dabei war ich mir die ganze Zeit im Klaren, dass ich auch keine Chancen gehabt hätte, wenn ich blendender Salsatänzer gewesen wäre.

Marthée ging noch weiter und schleuste uns Revalidisierungskandidaten – auch mich – in ein Kommunikationstraining, das sie selbst coachte. Ein Fragezeichen schwebte über allen von uns. Würden wir es nochmals schaffen, zurück in den Stand der Wertvollen, der Wertbegnadeten zu kehren? Würden wir den Makel der Gebrauchsunfähigkeit nochmals von uns abwaschen können? Oder würden wir abgleiten, würden wir definitiv entsorgt werden? Und ausgerechnet wir, die wir alles orientierungslose Segler auf einem fremden, unberechenbaren Meer waren, die wir die rettende Insel Utopia hätten finden müssen und keine Ahnung hatten, welchem Horizont wir zusteuern sollten, die wir, statt zielbewusst den Wind in die Segel zu nehmen, herumdümpelten oder Warteschlaufen drehten, wir mussten uns unter der

Leitung der liebenswürdigen Marthée herausputzen und präsen-

tieren, wir musste kleinere Stegreifvorträge halten oder grössere Beamer-Shows, mussten Rollenspiele erfinden, mussten unsere Stärken und Schwächen darbieten, mussten uns gegenseitig helfen und loben und wohlwollend kritisieren, mussten belohnen und – nein, nicht bestrafen, sondern verbessern, fördern, anfeuern, mussten neue Anreize schaffen, wie Marthée nicht müde wurde zu betonen. Es war eine reine Tortur für mich, der Vorhof zur Hölle, in die ich ja mittlerweile ganz eingetreten bin.

Die Kursbemühungen fruchteten – jedenfalls bei mir – nichts; ich fand, was mich keineswegs wunderte, keine andere Stelle, nicht einmal einen Volontariatsplatz; der Wurm hatte sich zu weit quer durch alle Winkel meiner Seele gefressen. Neues Ausfüllen von Formularen wurde erwartet, nicht nur von mir, sondern auch von meinem mich immer noch begleitenden Seelenarzt. Das tat er folgsam und geduldig, was aber keinerlei Relevanz hatte, denn eines Tages wurde ich von einem neuen, mir unbekannten Psychiater per militärisch nüchternes Schreiben zur Begutachtung aufgeboten.

Dieser zweite Psychiater war ganz anders als der meinige. Federnder Schritt, aktiv, voller Energie, die er bewusst ausstrahlte. Kein Zögern, kein schweres Denken, kein verhaltenes Seufzen über die Zeitläufte. Er war verbindlich-freundlich, in dieser Hinsicht ähnlich wie die vielen Reintegratoren, die meinen Weg begleitet hatten. Der Gutachtenpsychiater trug keine Lasten – nicht wie der meinige, der mit seiner Berufung zum Seelenarzt alle Seelenschwernisse der Welt auf sich geladen hatte. Im Gegenteil. Der Gutachter war professionell souverän und stand, oder besser, schwebte

über den Dingen, wie es sich für einen Seelenvermesser gehört, der keine Hindernisse und Schutzwälle kennt und dem die Seelenlandschaften wie einem Ballonfahrer weit und offen daliegen.

Auch er nahm sich alle Zeit, erfragte meine Lebensgeschichte, meine Lebensumstände, meinen Lebenszustand, ging mit bewunderungswürdiger Aufmerksamkeit auf die geringsten Details ein und tippte alles mit unglaublicher Geschwindigkeit in den Laptop auf seinen Knien, ja er schrieb beinahe wörtlich auf, was er meinem Gedächtnis entlocken konnte. Viel war das, vieles, was mir erst in diesen Gutachterstunden in den Sinn kam, was ich aber sogleich wieder vergass, und mir nur durch das schriftliche Zeugnis seiner Tiefenanalyse, von dem ich später der Invalidenrentenanstalt eine Kopie abtrotzte, bekannt ist.

Naivlinge glauben, was einmal bewusst geworden ist, bleibt es auch. Bei mir gilt das nicht. Wann immer ich einmal wieder das Aktenstück hervornehme – jedes Mal erschauere ich ob seines Umfanges –, blitzen Erkenntnisse auf, die mir vorher verborgen gewesen sind und die auch bald nach der Lektüre wieder verblassen. Möglicherweise gehört das zu meiner Behinderung – genau weiss ich es nicht, da ich nie jemanden darüber befragt habe, nicht einmal meinen behandelnden Psychiater, den ich damit nicht behelligen will.

Nicht genug. Der Gutachter führte auch eine grosse Batterie von Tests durch und liess mich stundenlang schwitzen. Das nahm ich ihm keineswegs übel, denn immerhin: Er nahm mich ernst. Er versuchte den Wurm in mir zu fassen. Rechnen, lesen, schreiben, Figuren und Karten wählen und sortieren, Zahlenreihen kombinieren, logische Verknüpfungen heraustüfteln, Skelette und Bildergeschichten ordnen, und so weiter; mit erstaunlicher Geduld

und Ausdauer nahm er sich meiner an und liess mich auch am Computer reihenweise sensomotorische Präzisions- und Geschwindigkeitstests absolvieren.

Ich schlug mich nicht schlecht und bewies damit mir und ihm – was im Gutachten auch anerkannt wurde: Ich bin kein Dummkopf. Allein auf Grund meiner Resultate hätte man mich keineswegs zum Haufen der Unwerten werfen dürfen. Und doch bin ich an den Tests gescheitert. Genauer: Es waren die Tests, die das endgültige Verdikt über mich fällten. Die mich schachmatt setzten. Das realisierte ich allerdings erst später beim genauen Studium besagten Gutachtens.

Der Psychiater bestellte mich zwar nochmals zum Eröffnen seiner Schlussfolgerungen – er habe mein Seelenvexierbild in der Zwischenzeit enträtselt, wie er launig berichtete –, doch war ich derart befangen, dass es mir nicht möglich war, seinen Ausführungen und Gedankenwindungen zu folgen. Immerhin würdigte er ausgiebig meine allgemein guten Testleistungen. Er wolle damit gesagt haben, dass in mir eine Reihe guter, ja grosser Potentiale schlummerten, zudem wolle er mir ans Herz legen, unbedingt die angefangene Therapie bei seinem werten Kollegen weiterzuführen, den er als ein Könner seines Faches – wiewohl bisweilen etwas zögerlich und schwernehmend – kenne.

Er sei jedenfalls überzeugt, dass die in mir wie in jedem Menschen verborgenen Schätze einen Weg in die Welt suchten, und es liege an mir, gleichermassen Zugang zu diesen meinen Kräften zu finden. Ich solle, zweitens, mir nicht selbst im Wege stehen, nicht alles im Aufbau bereits zerstören, sondern mutig und zielstrebig das Meinige wagen. Und drittens: mich bemühen – irgendwie so hatte es geklungen –, mich bemühen, nicht gegen die anderen

Menschen anzukämpfen, sondern mit ihnen zu kooperieren, ja sie vielleicht gar mir geneigt zu machen, denn meine Fähigkeiten würden nur im Verbund mit den Menschen rund um mich zum Zuge kommen. Jedenfalls liege der Schlüssel zur Besserung in mir selbst und er wünsche mir und meinem Therapeuten viel Erfolg. Die Hoffnung auf eine Restitution sei nicht aufzugeben, wenn auch erfahrungsgemäss die Chancen bei Persönlichkeitsvarianten wie der meinigen – er wolle mich dabei keineswegs kritisieren oder gar abwerten und spreche bewusst nicht von Deviation – alles andere als grossartig seien.

Jedenfalls empfehle er der Invalidenrentenanstalt, mir eine Rente zuzusprechen. Mit meiner Seelenstörung, mit meiner Persönlichkeitsvariation sei von einem Eintritt in die reguläre Arbeitswelt dringend abzuraten.

Noch einiges legte er mir nahe, und irgendwann war ich wieder draussen. Dumpf hatte ich mitbekommen, dass mir eben gerade meine Begabungen im Wege stünden, dass ich mich hinter ihnen verschanzen, ja sie gar als Schutzschild und Prügel vor mir hertragen würde und dass dies etwas mit der bei mir nachgewiesenen Seelenvariante zu tun habe.

Wiederum verstrich ereignislose Zeit, doch dann erhielt ich Geld. Und ein Schreiben. Die IRA beschied, man habe lückenlos alle Informationen über mich beisammen. Alles passe zueinander; es bestünden nicht die geringsten Zweifel; das Urteil des Gutachters beweise alles. Meine Arbeitsfähigkeit liege bei null Prozent. Somit gewähre man mir eine entsprechende Rente zur Sicherung meines künftigen Lebensunterhaltes.

126

Natürlich war ich nach dem Lesen dieser Zeilen in gewissem Sinne erleichtert, lagen doch in unmittelbarer Nähe des Schreibens auf meinem Küchentisch die Rechnungen, die sich in jener Zeit zu stapeln begonnen hatten. Meine Ersparnisse waren längst aufgebraucht, und sobald auf den Ämtern ruchbar geworden war, dass die Invalidenrentenanstalt sich meines Falles annehme und ich entsprechend abgeklärt würde, hatte man sogleich alle Zahlungen gestrichen. Diese Abklärungen aber zogen sich weit in die Länge, da das Sammeln aller Daten über mich eine zeitraubende und anspruchsvolle Tätigkeit war. Insbesondere war auch der Gutachter vollkommen überlastet. Die Anfragen der IRA türmten sich – wie er mir mit einer stolzen Handbewegung gezeigt hatte – auf seinem Pult.

Nun war ich – mit dem IRA-Entscheid und dem Geld auf dem Tisch – im Stande, den Rechnungsstapel abzutragen und, rein finanziell gesehen, ebenerdig weiterzuschreiten.

Eines liess mir allerdings keine Ruhe: Die Sache mit meiner Persönlichkeitsvariation. So nahm ich allen Mut zusammen, machte mich auf den Weg zum entsprechenden Aktenamt der Invalidenrentenanstalt und ersuchte um Einsicht in mein Dossier. Der Gang war schwer. Ich wusste: Hier war alles gesammelt und aufgeschichtet, alle Daten, alle Spuren, die ich irgendwo hinterlassen hatte, alle Befunde, alle Beurteilungen, alle Dokumente meines Scheiterns, alle Erkenntnisse aller Fachleute, ja schlechthin das Wissen der gesamten Menschheit über mich. Dieses Amt barg die abschliessende Buchhaltung über mich und meine Person, barg die Erfolgs- und Verlustrechnung, die Bilanz all der Jahre meines

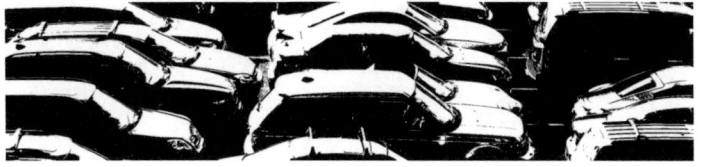

bisherigen Daseins, und das Ergebnis war zum vornherein klar: Ich hatte falliert, ich war bankrott. Und hier stand geschrieben, weshalb.

Nach eingehender Prüfung meiner Identität und meiner Besonnenheit händigte man mir die Akten aus, ja bot mir einen ruhigen Winkel zum Studium an. Ich schleppte den dicken Aktenpacken dahin, blätterte in all den Kopien von Schulzeugnissen, Berufsabklärungen, Stellengesuchen, Arbeitsvermittlungen, Rückweisungen, Reintegrationsversuchen, Eingliederungsbeamtenberichten, in all den Arbeitgeberakten, Kursbeurteilungen, gesammelten Diplomen und umfangreich registrierten Einkommensabrechnungen und Steuerbescheiden und fand, was mich allein interessierte: Die Schreiben der Ärzte.

Die vom Hausarzt ausgefüllten Formulare waren da versammelt, etliche weitere Schreiben von Spezialisten, an die ich konsiliarisch verwiesen worden war, dann der Bericht meines Psychiaters. Ihn zierten am Rand etliche Fragezeichen in unübersehbarem Rot. Die IRA hatte offensichtlich an seinen Ausführungen gezweifelt, denn am Schluss fand sich die Bemerkung «wenig konsistent» und der mikrographisch notierte Befehl «Fachgutachten einholen!»

Der Grund für die Fragezeichen war klar: Während mein Psychiater der IRA gegenüber die unglücklichen Umstände während langer Jahre meines Berufslebens und die Verknotungen von neurotischer Veranlagung, herben Enttäuschungen in Alltag und Beziehungen dargelegt, meinen Niedergang also aus den ungünstigen Zeit- und Entwicklungsläufen abgeleitet hatte, zeigten die Darstellungen des Fachgutachters, um wie viel tiefer er bei mir geschürft hatte und wie sehr mein Scheitern in meiner eige-

nen Psychostruktur begründet ist. Sein Triumph angesichts des Sieges der erhellenden Wissenschaft über das verwinkelte Dunkel der Seelenabgründe wurde im Gutachten immerhin halbwegs kaschiert, wohl aus Zurückhaltung dem schwernehmend praktizierenden und therapierenden Kollegen gegenüber.

Zweifellos sei ich aus psychiatrischer Sicht nicht arbeitsfähig. Im Zentrum stehe aber weniger Mobbing oder eine Depression, weniger die Überforderung durch unangemessene Aufgaben oder Stellungen, sondern die einfache Tatsache, dass es sich bei mir, respektive bei meinem Seelengefüge um eine Persönlichkeitsvarianz handle, eine sogenannte Persönlichkeitsstörung, beinahe eine Deviation. Des Gutachters Bericht liess nicht den geringsten Zweifel an meiner Untauglichkeit zum Broterwerb: Ich war der Umgebung, nicht nur meiner näheren Umgebung, sondern der gesamten Weltumgebung schlechthin nicht zumutbar.

Vollkommen klar zeige sich dies in den Testresultaten, speziell im Persönlichkeitstest, den ich offensichtlich minutiös genau ausgefüllt hätte und der damit auch ein verlässliches Abbild meiner Seelenfurchen ergebe. Tatsächlich bestand, wie ich mich erinnere, dieser Test aus Hunderten und Aberhunderten von Fragen wie «Ich habe keine besondere Angst vor Schlangen» oder «Jemand hat versucht, mich zu vergiften» oder «Es fällt mir schwer, Gesprächsstoff zu finden, wenn ich jemanden kennen lerne», die ich mit ja oder nein zu beantworten hatte. Diese Antworten wurden einem eigens dafür konstruierten Seelencomputer vorgelegt, der sie einer Analyse unterwarf und der meinen Charakter, meine tiefere Persönlichkeit, meine Seelenstruktur in Dutzenden von psychologischen Skalen wie «Grübelei» oder «Naivität» oder «Geistige Leere» schwarz auf weiss ausdruckte.

Mich selbst hielt ich nie für eine Persönlichkeit, im Gegenteil. Ich sah mich immer als ein unwesentliches, wesenloses Wesen, als eine Unperson. Ich bin keine Persönlichkeit, also habe ich auch keine Persönlichkeit. Nun aber hätte ich doch eine Störung der Persönlichkeit, wie es im Bericht des Computers heisst. Ich zeige nicht nur niedriges Selbstvertrauen, sondern gar phobische Ängste, bizarre Ideen, Zynismus, soziales Unbehagen, allgemeine Furchtsamkeit, Selbstabwertung, Reizbarkeit, antisoziale Einstellungen, Selbstzweifel, Ungeselligkeit, Schüchternheit, Verschlossenheit, zwanghafte Tendenzen, überkontrollierte Aggressivität, Niedergeschlagenheit, Grübelei, inadäquater Affekt, Ich-Mangel im Denken und Wollen, Vermeidung sozialer Situationen, Bedürfnis nach Zuneigung, Autoritätsprobleme. Da verwundere es nicht – hiess es im Gutachten weiter –, dass sich in den zusammenfassenden Skalen wie «Hypochondrie», «Hysterie», «Paranoia», «Soziopathie», ja selbst in der «Psychasthenie» massiv erhöhte Zahlen ergäben.

Meine Testwerte erwiesen sich in allen nur möglichen Bereichen als hoffnungslos pathologisch, und nur eine derart untrügliche und unfehlbare Maschine wie der Computer war in der Lage, diese meine alle Grenzen sprengende Gestörtheit überhaupt zu ermessen. Mir war unmittelbar klar, dass der Rechner nur meine eigenen Angaben zusammengefasst und bewertet hatte, dass ich also auf die unverfänglichsten Fragen die krankhaftesten Antworten geliefert haben musste. Kurz: Die Maschine hatte mir lediglich einen Spiegel vorgehalten. Ich selbst und niemand anders war es gewesen, der mir die eigene Pathologie nachgewiesen hatte.

Darauf legte der Gutachter natürlich besonderes seinen Finger: dass es mir zwar auf bewundernswerte Art und Weise gelän-

ge, in alltäglichen Situationen, im oberflächlichen menschlichen Kontakt den Schein von Normalität aufrecht zu erhalten, dass sich aber unter dieser dünnen Fassade ein Sammelsurium von ausgeprägten Defekten verstecke, angesichts deren Schweregrade es erstaune, wie relativ unbescholten ich bis anhin durch Leben und Gesellschaft geglitten sei. Ich hätte mich nie irgendwelcher Untaten schuldig gemacht. Ich hätte das Kunststück fertiggebracht, abgesehen von der erfolglosen Integration ins Erwerbsleben und den damit verbundenen Nachteilen allen weiteren Unannehmlichkeiten aus dem Weg gegangen zu sein.

Sogleich korrigierte der Gutachter in seinem Bericht: Wenn ich mich auch allen Widerwärtigkeiten habe entziehen können, so sei das für meine Umwelt ungleich schwieriger, ja unmöglich gewesen. Vermutlich hätten sich ganz einfach alle, die ganze Umwelt, alle Arbeitgeber und Mitarbeiter, alle Nachbarn und Postbeamten, alle Ladenbesitzer und Steuerkommissäre übergrosse Mühe gegeben, mit mir einigermassen über die Runden zu kommen, doch im Grunde genommen müsse es für alle eine kleinere oder grössere Tortur gewesen sein, mich und meine Persönlichkeit über kürzere oder längere Zeiten auszuhalten.

Daraus ergab sich auch zwanglos die Diagnose, die fett gedruckt im Gutachten stand: Ich bin eine sogenannt passiv-aggressive oder negativistische Persönlichkeit. Ich bin ein Muster passiven Widerstandes gegenüber Forderungen nach angemessener Leistung im sozialen und beruflichen Bereich. Ich bin ein Opponent. Einer, der die Bemühungen anderer durchkreuzt. Nachtragend. Ein Verweigerer. Ein Verzögerungstaktiker. Voll absichtlicher Vergesslichkeit, mit der ich anderer Leute Erwartungen unterlaufe. Einer der sich missachtet und unverstanden fühlt. Ich 131

bin mürrisch, reizbar, streitsüchtig, skeptisch und widerspenstig. Neidisch und nachtragend auf erfolgreiche Kollegen. Einer, der zwischen feindseligem Trotz und Reue wechselt. Und so weiter.

Kurz erwog ich die Möglichkeit, dass der Gutachter mir einfach aus einem mitmenschlichen Wohlwollen heraus eine Rente zuschachern wollte, doch verwarf ich den Gedanken sogleich. Zwar war er im Auftreten freundlich gewesen, doch gehörte er zweifellos nicht zur schwammigen Sorte von Mensch. Wenn der etwas schrieb, dann meinte er das auch so.

Darin bestätigte mich noch der Umstand, dass diese spezielle Form der Störung, diese besonders krasse Kategorie nicht in der allgemein approbierten Liste der Seelenwirrnisse und Charakterabartigkeiten aufgelistet ist, sondern erst als vorläufiger Forschungsgegenstand gilt.

Das Gutachten präzisierte: In den Vereinigten Staaten – wo man alle Seelen nach dem bundesstaatlichen diagnosestatistischen Manual kartographieren und klassifizieren kann – würde ich die Nummer DSM-IV-TR 301.9 tragen, was schlimm genug ist, in Zentraleuropa – nach der weltumspannenden Diagnoseklassifikation – gar die Nummer ICD-10 F60.81. In den USA könne sich das aber noch ändern, die wissenschaftliche Erkenntnis sei im Fluss und man müsse genauere Studien und Metaanalysen abwarten, bis die Nummer gesichert sei.

Ich hatte dem Gutachter also ein wunderbares Explorations- und Forschungsobjekt geboten, und er hatte es bereitwillig aufgenommen, seelenseziert und seinen Bericht mit Stolz abgeliefert. Ich hatte sein Glück, sein Privileg, über den Menschen und den Seelen und deren Verwerfungen zu stehen, zur Vollkommenheit gebracht. Nicht im Internet – die Diagnoselisten und ihre

Bedingungen sind nicht so ohne weiteres googlezugänglich –, aber in der kantonalen Bibliothek fand ich dann Genaueres über meine passiv-aggressive Persönlichkeitsstörnummer. Ich lernte, dass Störungen der Persönlichkeit, je ausgeprägter sie sind, desto weniger von den Betroffenen wahrgenommen werden. An den Persönlichkeitsstörungen leiden nicht die Gestörten, sondern die Anderen, die dem Gestörten näher oder ferner Stehenden, deren Leben in reinem Glück verlaufen würde, würden sie nicht von den Gestörten dauernd behelligt und belästigt.

Was liegt näher, als sich ein für alle Mal dieser Störpersönlichkeiten zu entledigen, sie aus dem Weg der Produktion und Produktivität zu schaufeln und sie zu berenten. Kostspielig zwar, aber ohne Zweifel angebracht und nutzbringend, da wir unzumutbar sind. Unsereiner ist der Grauschleier, der die unendlich reine und klare Atmosphäre der Wertvollen trübt, und so ist es unerlässlich, diesen kollektiven Seelenäther regelmässig zu filtrieren.

Mir blieb nichts anderes übrig. Ich hatte mich dem Schiedsspruch zu unterwerfen. Und was das Schlimmste ist: Da ich aus Mangel an entsprechenden Sinnesorganen meine Gestörtheit gar nicht richtig wahrnehme, reicht die eigene Einsicht auch nicht hin, meine Verworfenheit in ihrer ganzen schrecklichen Tiefe zu ergründen. Natürlich mag einer einwenden, ich könne gerade darum von Glück reden, dass meine Sinne für mein eigenes seelisches Stinken unempfindlich sind. Das ist mir ein zweifelhafter Trost, denn ich halte mich doch nicht für so unmenschlich, als dass ich den Anderen willentlich Übles – den Geruch meiner eigenen Fäulnis – gönne und mich selbst davor bewahren will.

So bleibt mir nur eines: mich zu ducken. Denn wage ich es, aufzubegehren und gegen die Diagnose Sturm zu laufen, so be-

stätige ich ja gerade damit meine Widerspruchssucht und meine aggressiv-destruktive Art. Und doch. Die Diagnose war ein harter Schlag. Und getroffen wurde ich in meinem Tiefsten. In diesem meinem Tiefsten aber weiss ich, dass ich keineswegs eine streit-süchtige Person bin, sondern mich nach dem Frieden unter den Menschen sehne und alles Meinige beiträge, wenn dieser Friede wirklich und wahrhaftig unter uns und zwischen uns einziehen würde.

In der nächsten Stunde beim Psychiater, bei meinem Psychi-ater, schwieg ich erst. Ich hatte sogar erwogen, überhaupt nicht hinzugehen. Was hatte ich zu sagen? Was gab es überhaupt noch zu besprechen? Die Psychiatrie hatte mich verurteilt. Sie hatte mich zu einer pathologischen Persönlichkeit deklariert, und zwar zu einer negativistischen, sozusagen zu einer Antipersönlichkeit. Sie hatte mir damit zwar eine Rente gesichert, aber gleichzeitig meine Existenz umgestülpt und zu einer Antiexistenz gemacht, hatte, um im physikalischen Bild zu bleiben, mein Vorzeichen von Plus zu Minus umgepolt. Nein, ärger, die Psychiatrie hatte meine schlimmsten Befürchtungen nüchtern bestätigt: dass mein Vor-zeichen immer schon ein Minus gewesen war, dass ich sozusa-gen – falls man unter der Seele doch etwas irgendwie dinglich Existierendes versteht – zur seelischen Antimaterie gehöre. Mei-ne Berentung ist nicht nur aus ökonomischer Sicht gerechtfertigt, sondern vielmehr aus physikalisch-moralischer: Ich war und bin und bleibe eine Antiperson.

Meinem Schweigen begegnete der Psychiater mit Gelassen-heit und freundlicher Geduld, was in mir erst recht Wut und Trotz über seine teigige Art hervorrief. Schliesslich brach es aus mir hervor: So wie jeder Hund bellt und beisst, wenn er in die Ecke

gedrängt wird, so zeigte auch ich die Zähne und schrie und biss und riss ihn und die ganze Psychiatrie zu Boden, wenn auch nur im geistigen Sinne, nur mit Worten, denn ich bin kein Mann von Tätlichkeiten. Der Psychiater wusste erst gar nicht, wovon ich redete, oder gab es wenigstens vor.

«Ich, ein Unmensch», schrie ich, «ein unmenschliches Untier, ein Passivaggressiver, ein Negativmensch, ein widerspenstiger Defaitist, ein heimlicher Saboteur am Glück der Menschheit. Ein psychiatrisches Monster. Von Ihrem Kollegen analysiert und seziert. Auf Grund meiner eigenen Aussagen. Eingereiht in die Sammlung missratener Forschungsobjekte.»

Er liess mich toben; seine Beherrschung brachte mich weiter in Rage, doch irgendwann gingen mir die Worte aus, ebenso der Schnauf, und ich verstummte wieder. Beide blieben wir stumm. Meinte ich gar, nun einen Trotz seinerseits festzustellen? Wogegen? Gegen mich? Oder gar gegen seine Psychiatrie?

Der Mann ging gar nicht auf die Angelegenheit ein. Nicht zum ersten Mal liess er heikle Themen einfach an sich vorübergleiten, was mich schon oft genug geärgert hat. Vermutlich ist er zu bequem, oder zu melancholisch, sich damit zu beschäftigen. Vielleicht interessiert ihn die Psychiatrie nicht wirklich. Ich jedenfalls würde damit ganz anders umgehen. Dann gab er zu bedenken, dass er das Gutachten zwar gelesen, aber immerhin nicht geschrieben habe. Und dass man die Dinge von verschiedenen Seiten betrachten könne.

Das sei ein Gemeinplatz, bellte ich zurück. Dem stimme er zu, meinte er. Er wolle es trotzdem gesagt haben. Und ihn beschäftige weniger meine Persönlichkeit, sondern vielmehr mein Wohlergehen. Nicht meine Krankheit, sondern meine Gesundheit.

«Fromme Sprüche», zischte ich, «dass wissen Sie genau. Sie sind Psychiater. Also ist es meine Persönlichkeit, die Sie im Blickfeld haben müssen. Und die ist offensichtlich – hoffnungslos unbrauchbar. Ein einziges Fehlkonstrukt. Nachgewiesen von Ihrem Kollegen.»

Er runzelte die Stirn, sagte aber wieder nichts. Seine Schlagfertigkeit hält sich ohnehin in Grenzen. Wieder einmal fragte ich mich, ob ich den Psychiater wechseln sollte.

«Ob man das so einfach nachweisen kann?», meinte er schliesslich. Und nach weiterem Schweigen: «Was kann man denn überhaupt nachweisen? Ihren Kampf? Ihren vergeblichen Kampf? Ihren unablässigen Kampf und ihr Scheitern? Ihre Unfähigkeit, in der Welt Fuss zu fassen, dauernd Fuss zu fassen, Ihr Auskommen, Ihre Wohlfahrt, Ihr Glück zu finden? Das ist längst nachgewiesen. Sie haben es nachgewiesen. In den letzten Jahren. Die Tests … Sie sagen … Ich weiss nicht. Nichts.» Der Psychiater zuckte mit den Schultern. Es beschäftigte ihn nicht im Mindesten.

Viel war nicht mehr in jener Stunde. Schweigen. Und das Vereinbaren eines neuen Termins.

Nachtrag

Was mich damals, an jenem Samstagmorgen im Vorfrühling, bewog, nach Bern zu fahren, ausgerechnet nach Bern – eine Stadt, deren behäbig breite Biederkeit mir schon seit jeher auf die Nerven geht – weiss ich nicht mehr. Den anderen wird es wohl ähnlich ergangen sein. Irgendein unbestimmter Drang bewirkte jene Ansammlung, jenen Auflauf der Unwerten, der allgemein bekannt geworden ist und für ein paar Tage die Medien und die öffentliche Diskussion beherrscht hat. Vermutlich war es gerade das Vage des Aufrufs gewesen, der so viele zum Kommen bewogen hatte, denn wären klare politische oder soziale Postulate damit verknüpft gewesen, hätten wir alle gefürchtet, die Staffage für irgendwelche dunkle und undurchschaubare Interessen abzugeben, und wären zu Hause geblieben. So aber entsprach der Ruf unserer Seelenverfassung, und wir fuhren alle hin.

Ein genauer Zeitpunkt war nicht vorgegeben worden, und so tauchte einer nach dem andern in Bern auf, genauer: unter den Kastanien auf der Plattform beim Münster, auf jenem schönen Platz, wo sich der Blick über die Aare und die Kirchenfeldbrücke zum Gurten und den Berner Alpen öffnet. Die Sonne schien durch die Bäume, deren Laub eben erst ausgeschlagen hatte. Obwohl von weit her gereist, fand ich mich eher unter den Frühen, doch waren die Bänke schon besetzt, und so liess ich mich auf den grünen und trockenen Grasstreifen neben einer Frühlingsrabatte nieder. Alles sass und stand gemütlich herum; wer das Glück hatte, in die Nähe der Cafeteria zu gelangen, konnte auf eine Erfrischung hoffen. Einige hatten sogar Kaffee in Thermosflaschen mitgenommen, dazu selbstgebackenen Kuchen, der herumgereicht wurde. Man genoss den Tag und das heitere Wetter; man war gesellig unter sich; man war unter lauter Unwerten.

Immer mehr Menschen strömten durch die beiden Portale links und rechts vom Münster oder stiegen über die Treppe vom Mattenquartier herauf; etliche liessen sich vom altmodischen Fahrstuhl hochtragen. Einzelne fuhren in handbetriebenen oder motorisierten Rollstühlen heran; andere humpelten an Stöcken; viele waren unauffällig gekleidet; wieder andere trugen verwegene Hüte und waren drapiert wie bunte Vögel. Ein munteres Palaver zog sich durch die Menge; etliche summten oder sangen. Was das Ganze sollte, wusste keiner, und es war auch nicht wichtig. «Die Versammlung der Scheinwelt» rief einer, «nein, die Versammlung der Schattenwirtschaft» ein anderer, und alles lachte.

Mit der Zeit entstand ein Gedränge, denn unablässig strömten mehr Menschen herbei, doch dann beschloss man, nein, niemand beschloss, es gab gar kein Beschliessen; die Menge wurde ganz einfach unruhig und schob sich zu den Ausgängen, was erst zu einiger Aufregung und einem Durcheinander führte. Dann aber waren Richtung und Absicht klar: Man werde sich auf einen ungezwungenen kleinen Stadtbummel begeben, unterwegs könne man sich wohl auch verpflegen. Ein massiger Zug formierte sich, ein Zug der immer länger und breiter wurde, angeführt hauptsächlich von Rollstühlen, Dutzenden, Hunderten von Rollstühlen. Gemächlich pilgerten wir durch die Gassen und Lauben der Berner Altstadt.

Natürlich gab es da und dort Stockungen, besonders an den Kreuzungen, doch wir hatten kein besonderes Ziel und somit alle Zeit zur Verfügung. Kein Verkehr kam mehr durch. In den Gassen stauten sich die Autos und Strassenbahnen. Polizisten erschienen und riefen nervös, eine Demonstration sei nicht angekündigt und schon gar nicht bewilligt worden. Das war absurd und hatte

auch niemand behauptet; wir demonstrierten nicht, gaben nichts kund, schon gar nichts Politisches und nichts für die Polizei. Wir hatten nichts zu zeigen und nichts zu sagen, und gemütliches Spazieren und Plaudern konnte ja nicht verboten sein.

Einige von uns griffen allerdings die Idee der Beamten auf, wurden laut und meinten, wir sollten die Gelegenheit packen und irgendwelche Forderungen stellen, schliesslich gebe es viel zu fordern, eine ganze Menge; ein anderer johlte – er war an einem Lichtsignal hochgeklettert –, es gebe Unendliches zu fordern, mindestens das Blaue vom Himmel herunter, und hier müsse der Anfang gemacht werden. Bevor er jedoch mit seiner Rede weiterfahren konnte, wurde geklatscht und gepfiffen und keiner kümmerte sich um seine unendliche Menge von Forderungen. Nein, man war keineswegs für eine Kundgebung zusammengekommen; das Treffen hatte keinen weiteren Zweck.

Vorn, beim Zähringerbrunnen, schien die Polizei eine Sperre errichten zu wollen; jedenfalls raunte man sich das durch die Menge nach hinten zu, als wir längere Zeit still standen – ich ausgerechnet vor einer Metzgerei unter einem überdimensionierten roten Bären mit Wiegemesser, das er über meinem Kopf schwang und herniederzuwerfen drohte. Immerhin, gegen die Masse der Rollstühle konnte die Polizei nichts ausrichten, und alle trafen wir mit der Zeit auf dem weiten Bundesplatz ein, dessen Wasserspiel munter inmitten unserer Versammlung plätscherte.

Erst hier zeigte sich, wie viele der unsrigen wirklich zusammengekommen waren: eine unabsehbare Menge von Menschen, die alle etwas unschlüssig herumstanden. Wieder hatten einzelne Teilnehmer das Bedürfnis, Reden zu halten, und stiegen auf Gemüsekisten, die sie bei den Marktständen hatten mitgehen las-

sen. Sie redeten und schrien sich gegenseitig in die Quere, doch kein Mensch hörte zu; ohnehin gingen sie im allgemeinen Klamauk unter, denn hinten begannen einzelne, Wanderlieder und Countrysongs zu singen, andere hatten Blasinstrumente mitgebracht und gaben Militärmärsche zum Besten.

Wiederum war unklar, woher die Idee stammte, womöglich war es ganz einfach die frische Bise, die von der Kirchenfeldbrücke heraufwehte und uns trotz der Frühlingssonne frösteln liess. Jedenfalls schlugen die Vordersten vor, dem werten Bundeshaus, das sich ja direkt vor uns erhob, einen Besuch abzustatten, mindestens bis man sich wieder aufgewärmt habe. Das klang überzeugend, und wir bewegten uns alle auf den Palast zu, dem glücklicherweise keine pompösen Treppen vorgelagert sind, sondern der breite und bequem rollstuhlgängige Pforten aufweist, so dass unserem Aufmarsch keine Hindernisse entgegenstanden.

Zwar monierten die beim Eingang aufgepflanzten Ordnungshüter, es könnten grundsätzlich nur einzelne Besucher eingelassen werden, selbige hätten sich auf der Ostseite zur vollen Stunde unter der entsprechenden Tafel einzufinden, zudem müsse sich jedermann ordentlich ausweisen. Das war natürlich platter Unsinn und hätte bei der Zahl der Anwesenden Wochen gedauert. Ausweise hatten wir zwar alle dabei, nämlich die offiziellen IRA-Ausweise; allerdings empfand keiner der unsrigen Lust, diese grauen plastikgeschützten Deklarationen ans Tageslicht zu befördern, und so öffneten wir die Portale mit eigenen Händen und fixierten sie mit den herumstehenden Topfpalmen, damit die Menge ungehindert auch mit Krücken und Rollstühlen hineinströmen konnte. Wir schritten über die Granittreppen hoch, hievten die

Rollstühle mit vereinten Kräften an den marmornen Eidgenossen

vorbei, grüssten die steinernen Vertreter der Landes- und Bevölkerungsteile und die Immigranten auf dem gipsernen Fries zu unseren Häuptern, bewegten uns durch die düsteren Gänge und Hallen, traten in die Büros und Konferenzräume.

Die Bundesgebäulichkeiten sind riesig, doch verfügten wir über alle Zeit, nach und nach die Räume zu durchschreiten, zu inspizieren, anzufüllen und es uns bequem zu machen. Von einer regelrechten Besichtigung konnte natürlich keine Rede sein; die wenigen kunsthistorisch geschulten Bundeshausführerinnen wären heillos überfordert gewesen. Jede und jeder von uns musste sich damit zufrieden geben, denjenigen Sälen und Büros einen Besuch abzustatten, die eben gerade Platz boten. Auch das gab uns allen, die wir es ja seit Jahren gewohnt sind, uns mit den Gegebenheiten zu bescheiden, keinen Anlass zur Klage.

Ab und zu tauchten Sicherheitsbeamte auf, die mit ihren Armen herumruderten und linkisch versuchten, uns am Weiterschreiten zu hindern, aber gegen unsere schiere Menge und die Unzahl von Rollstühlen hatten sie keine Chance. Wir waren entschlossen, das Regierungsgebäude von innen in Augenschein zu nehmen – das normalste Ansinnen eines jeden friedlichen und ordentlichen Staatsbürgers. Nach und nach wurden die kostbaren Lüster angezündet – offensichtlich schienen sich etliche der unsrigen in den Örtlichkeiten auszukennen. Die Gänge und Räume hellten auf und strahlten eine herrschaftliche Ruhe aus, die unsere bereits gute Stimmung noch mehr hob.

Wir besetzten die Konferenzsäle, die Auditorien, die Büroräumlichkeiten, die Treppenhäuser, die Wandelhallen und natürlich die Sessionssäle der Räte, wo noch ein heilloses Durcheinander vom Vortag her herrschte: Redeprotokolle, Aktenordner, Laptops und

vor allem Zeitungen, da und dort auch Kaugummis und abgestandene Esswaren der Parlamentarier lagen wirr übereinander, und es bereitete uns nicht geringe Mühe, all dieses unnütze Zeug in die Journalistenabteile links und rechts neben dem Podium zu werfen.

Man machte es sich bequem, so gut es in den engen Sitzen ging, doch immer mehr Leute strömten herein und setzten sich auf die Treppen und Podeste. Mich selbst verschlug es auf die Besuchertribüne des Nationalratssaales, von wo ich den besten Überblick über das Geschehen hatte, vor allem, als es auch hier gelang, die Lichter anzuzünden. Alles schwatzte, hinten stimmten einige den Schweizerpsalm an, kamen aber nicht weit, da Text und Melodie zu wenig geläufig waren und die anderen umso lauter wurden. Weiter wusste eigentlich niemand, und die ersten schienen schon wieder gehen zu wollen.

Das aber war unmöglich, weil von der einen Pforte her immer mehr Leute hereindrängten, auf der anderen Seite aber eine Rotte von Sicherheitsbeamten, nun in Kampfwesten und mit Helmen bewehrt, den Durchgang verstellten und anscheinend den Saal gewaltsam räumen wollten. Ein Megaphon kam zum Vorschein, und der Anführer der Behelmten war zu vernehmen. Er spielte sich auf und verlangte nach augenblicklicher Ordnung, obgleich offensichtlich alles in bester Ordnung war; zudem forderte er Rückzug und sofortiges Verlassen des Saales, ja des Hauses. Dazu bestand aber nicht der geringste Anlass, so dass er mit seinem unpassenden Benehmen nur Kopfschütteln erntete. Er wurde immer lauter, bis ihm schliesslich die Lärmmaschine entzogen werden musste. Die Aufdringlichkeit der Sicherheitsbeamten kannte

keine Grenzen. Unablässig versuchten sie, die vielen Leute aus

dem Plenarsaal zu komplimentieren, wenn nicht zu drängen. Jegliche Missnutzung der explizit den Räten vorbehaltenen Sitze sei strikte verboten. Wie gesagt hatten wir selbst bereits für Ordnung und Sicherheit gesorgt, und die Sitze wurden durch uns auch nicht zweckentfremdet, sondern sinngemäss genutzt, vor allem von denjenigen, denen der Fussmarsch durch die Stadt doch zugesetzt hatte.

Kurz kam es zu einer bedrohlichen Szene, als das Häufchen Ordnungshüter – alle mit Schild und Schlagstöcken ausgestattet – in seiner Verzweiflung eine Phalanx zu bilden versuchte. Der Trupp, der sich alle Mühe gab, martialisch auszusehen, wirkte ausnehmend verloren und lächerlich. Allein der Zufall rettete ihn aus seiner misslichen Lage, indem sich just zu diesem Zeitpunkt eine kleine Tür hinten im Rund des Saals öffnete und einer der wenigen an diesem Samstagmorgen im Hause Arbeitenden neugierig den Kopf hereinstreckte. Von den Umstehenden wurde er sogleich erkannt und herzlich begrüsst, was seine erste Verwirrung aber nicht dämpfte, im Gegenteil. Es war einer der Schweizerischen Bundesräte.

Der sichtlich nicht mehr junge, sich aber noch halbwegs jugendlich gebende Mann mit offenem Krawattenknopf und nach hinten gerollten Ärmeln fasste sich, als sich die unsrigen gehörig vorgestellt hatten. Einige betrachteten den Anlass als willkommenes, längst schon fälliges Reislein in die Bundeshauptstadt und hatten ihre Foto- und Videokameras mitgebracht. Von allen Seiten her blitzte es, und der Bundesrat wurde, nachdem sich seine Miene aufgehellt hatte, von neuem beklatscht. Offenbar aber waren unter uns nicht nur technisch Versierte, sondern sogar ehemalige Bundeshausangestellte, denn es dauerte nicht lange, so

war die Verstärkeranlage angeschaltet und justiert, so dass das Geschehen in alle übrigen Konferenzsäle übertragen werden konnte. Nicht nur das, die Anschlüsse ins Internet und zu den Fernsehanstalten wurden gekoppelt – anscheinend war man bei den Medien hellhörig geworden – und der weitere Ablauf der Ereignisse wurde ja, wie man weiss, der ganzen Landesbevölkerung bild- und wortgetreu übermittelt.

Der hemdsärmelige Bundesrat erfasste rasch die Öffentlichkeit des Anlasses und benutzte geschickt die Gelegenheit, nach allen Seiten hin Hände zu schütteln. Das wiederum veranlasste die Beherztesten der unsrigen, den Magistraten in ihre Mitte zu nehmen und nach vorn ans Podium zu führen. Lärm drang von allen Seiten heran; dem Bundesrat war es erst unmöglich, das Stimmengewirr zu durchdringen, doch auf dem Podium, nun im Scheinwerferlicht unter dem grossartigen Wolkengemälde unseres hehren Vierwaldstättersees und der Mythen und gut platziert an den Mikrophonen, hatten wir einen Bundesrat vor uns, dessen Würde – selbst Hemd und Krawatte sassen nun perfekt – dem einmaligen Anlass und unserer Begeisterung angemessen war.

Der Magistrat schluckte, räusperte sich, fand dann aber sogleich die richtigen Worte und hiess uns willkommen im Bundeshaus. Es sei ihm eine Ehre, derart spontan von einem nicht geringen Fragment der Schweizer Bevölkerung besucht zu werden. Er als Landesminister sei sich bewusst, welcher Einsatz für viele von uns, ja womöglich für alle, hinter unserer Reise stecke, denn unsere Mobilität sei gewiss nachhaltig eingeschränkt. Er wisse auch, in welch schwieriger Lage wir uns befänden. Die materielle Lage – von Not könne zwar nicht gesprochen werden, da die

Sozialwerke ihre Aufgabe mit Bravour erfüllten –, die materielle

Lage sei das eine, deren Hintergrund – Krankheit, Überbelastung, Ausgebranntsein, Unfallfolgen – das andere, und das wohl Ausschlaggebende.

Bei diesen Worten wurde geklatscht – die Uniformierten hatten sich mittlerweile zähneknirschend unter die Pforte zurückgezogen –, und etliche der unsrigen liessen es sich nicht nehmen, nach vorn zu stürzen und ihren Leidensgang in weiten Worten darzulegen. Der Bundesrat nahm diese Unterbrechung freundlich und geduldig entgegen und hätte sicherlich noch länger zugehört, wenn nicht die unsrigen im Plenum unruhig zu murren und zu pfeifen angefangen hätten: Das wüssten wir alle schon bis zum Überdruss, man solle endlich schweigen und dem Minister das Wort wieder geben. Dieser winkte ab und meinte beschwichtigend, das Wesentliche ja bereits gesagt zu haben. Es verbleibe ihm lediglich, nochmals ein tief empfundenes Dankeschön auszusprechen – nicht zuletzt für unsere Disziplin – und uns im Übrigen eine gute und sichere Heimreise zu wünschen. Angesichts des schönen Wetters draussen würde er sich nicht wundern, wenn die ehrenwerte Stadt Bern – hier wandte er sich der Fernsehkamera zu, offensichtlich war das Folgende bereits an die entsprechenden kommunalen Stellen gerichtet –, wenn die ehrenwerte Stadt Bern, deren Grosszügigkeit er schon manches Mal habe erfahren dürfen und deren Berna-Brunnen ja das Haus ziere, uns einen kräftigen Trunk auf dem Bärenplatz reiche. Er selbst habe leider keine Zeit, dem Vergnügen beizuwohnen, da ihn dringlichere Angelegenheiten in die Pflicht nähmen.

Auch diese Worte wurden freudig beklatscht, indes war uns noch nicht zum Reisen zumute, dies schien eher das Bedürfnis des Bundesrates gewesen zu sein. Doch auch er konnte nicht an ein

Verschwinden denken, denn mittlerweile waren so viele Unwerte in den Saal geströmt und hatten es sich auf den Treppchen und am Boden bequem gemacht, dass von einem Durchkommen des Magistraten nicht die Rede sein konnte. Im Gegenteil. Einer der unsrigen verdankte sogleich die Ansprache und lobte in höchsten Tönen des Ministers Verständnis und seinen Einsatz für uns. Das Glück, gerade ihm begegnet zu sein, würden wir gern noch länger auskosten wollen. Wir seien zwar aus reiner Besucherfreude und Gefälligkeit gekommen und hätten schon draussen auf dem Platz in erster Versammlung bekundet, wie gut wir es haben, so gut, dass wir – wollten wir nicht unverschämt sein – keinerlei politische Forderungen zu stellen haben. Eines aber hätten wir wohl – nicht zu fordern, nicht zu begehren, nein ganz einfach zu wünschen. Innigst zu wünschen. Er spreche wohl im Namen aller Anwesenden, wenn er sich nach einer Führung für uns Unwerte, Ausgeschiedene sehne. Das sei das Einzige, was uns fehle. Wir seien zwar ein riesiger Haufen, doch vollkommen strukturlos, sprachlos, ziellos, und dem könne nur abgeholfen werden, wenn wir über ein Oberhaupt verfügten, das im Stande sei, unsere Wirrnis zu beenden und unserem Fühlen und Denken eine Gestalt zu geben. Der Mann – nicht viel älter als ich – war unterdessen hinkend zum Podium hochgestiegen und verbeugte sich mehrfach linkisch vor dem Bundesrat. Er war hörbar ungeübt im Sprechen, konnte sich aber immerhin verständlich ausdrücken, so dass wir uns vor dem Magistraten nicht zu schämen brauchten und erleichtert und begeistert applaudierten.

«Und», fuhr er fort, «nicht nur das. Wir, die wir ohne jede Macht und Kraft sind, brauchen jemanden, der uns würdig und kompetent repräsentiert. Jemanden, dessen Autorität über jeden

Zweifel erhaben ist. Wir, die Unwerten, die Nichtarbeitenden, die unbrauchbaren Zeittotschläger und Schattengestalten, die Fliegenfänger und Wolkengucker, wir, und ich sage es direkt und ohne Umschweife, wir brauchen, ja wir haben Anspruch – zumal der unsrigen so viele sind und immer mehr werden –, wir haben Anspruch auf einen eigenen, ganz eigenen Bundesrat.»

Daran hatte bisher niemand gedacht, auch keiner der Politischen draussen auf dem Bundesplatz. Niemand. Und doch, die Idee schlug ein wie eine Bombe. Wir haben alles, was wir zum Leben brauchen, alles; wir haben nicht das Geringste zu fordern. Aber wir haben keinen Bundesrat. Ein Riesenapplaus folgte, nicht nur im Saal, sondern ebenso von den Tribünen her, und auch aus den Gängen und den Wandelhallen, den weiteren Sälen und Konferenzräumlichkeiten, in welche die Reden übertragen wurden, schallte heitere Zustimmung zum wohldurchdachten Vorschlag.

Der Bundesrat, der seine Unruhe nur unvollkommen zu bezwingen vermochte, antwortete, dass er den Vorschlag mit Interesse entgegennehme und seinen Ratskollegen bei Gelegenheit unterbreiten werde, wer weiss, womöglich würde sich eine Partei finden, welche die bedenkenswerte Idee in ihr Programm aufzunehmen bereit sei. Man könnte dann, in der nächsten oder übernächsten Legislaturperiode …

Doch da legte der Hinkende, der mit seiner Rede noch nicht am Ende war, seine steife Hand auf diejenige des Bundesrates und fügte hinzu: «Mit grösstem Vergnügen, Herr Bundesrat, mit allergrösstem Vergnügen. Doch bis es soweit ist, bis es soweit ist, Herr Bundesrat, brauchen wir einen Mann unseres Vertrauens, einen, der uns in die richtige Richtung lenkt, und wer könnte das besser tun – als Sie, der Sie sich heute die Zeit genommen haben, uns zu

empfangen. Ich schlage vor, Sie zu unserem Repräsentanten, zu unserem eigenen, ureigenen Bundesrat zu wählen, ja lieber noch: Sie zu unserem König zu erheben. Zu unserem helvetischen Invalidenkönig.»

Eine noch grössere Begeisterung folgte. Der Hinkende hatte die richtigen Worte gefunden; er hatte aus unser aller Herzen geredet; er hatte uns wieder eine Sprache gegeben, uns, die wir lange, lange Zeit keine solche innere Glut, kein Pochen in der Brust, keine gemeinschaftliche Erregung mehr empfinden durften. Der Magistrat wurde durch einhellige Akklamation zu unserem ureigenen Bundesrat und König gewählt. Hundertfach wurde er fotografiert, und die Fernsehkameras verbreiteten sein immer noch halb verdutztes, halb verbindliches Lächeln in alle Lande.

Der Jubel war noch nicht verebbt, da hatten bereits einige kräftigte Männer – auch unter uns gibt es Kräftige, wenn auch nicht Tatkräftige, so immerhin Muskelkräftige – den nicht allzu voluminösen Mann gepackt und auf ihre Schultern gehoben. Man schaffte Platz, und unser Bundesratskönig wurde im Triumph durch alle Bundeshausräumlichkeiten getragen. Ja, nun war er der unsrige, kein Unwerter zwar, aber immerhin einer, der uns regieren würde. Wir waren von der Stunde an nicht mehr gesichtslos; wir hatten einen Vertrauten, einen Fürsorger, einen Vater.

Mittlerweile hatten sich die Sicherheitsbeamten ganz zurückgezogen, da an ein Durchkommen für sie nicht zu denken war. Dafür waren Klänge zu hören, und bald drängte sich eine spontan formierte Blasmusik durch die Menge. Woher sie die Instrumente hatten, war für mich erst nicht erfindlich, doch bald klärte sich auch das: Einige, die sich weniger für die ideellen Belange interessierten, hatten nach Trink- und Essbarem gesucht und solches

auch in den verstreuten Bars gefunden. Aperitifs, Weine, Mineralwasser, Kaffee, Gebäck. Allerdings viel zu wenig, als dass es für uns alle gereicht hätte. Doch es hatte nicht lange gedauert und sie waren fündiger geworden: In weitverzweigten unterirdischen Räumen, zu denen sie sich Zugang verschafft hatten, wurden unermessliche Vorräte entdeckt.

Offensichtlich ist die schweizerische Regierung für alle denkbaren kriegerischen oder aufständischen Vorkommnisse währschaft ausgerüstet und kann sich für unbeschränkte Zeit im Bundeshaus einbunkern ohne Mangel zu leiden. Nicht nur delikateste Esswaren und Getränke fanden sich da, sondern auch die entsprechenden Gerätschaften: Kochherde, Mikrowellenöfen, Grills, Mixer, Fonduerechauds, Kaffeemaschinen. Und bald duftete es durch das ganze Haus zauberhaft nach frisch Gekochtem und Gebratenem, das von einer Hand zur anderen gereicht wurde, bis sich alle mit Speis und Trank eingedeckt hatten. Und sogar für Unterhaltung war vorgesorgt worden: Musikanlagen konnten installiert werden, Blasinstrumente, Trommeln, Harfen, elektrische Gitarren fanden sich in grosser Zahl, denn unter einer längeren Belagerung oder im Falle einer verseuchten Aussenwelt müsste die Regierung nicht nur körperlich und geistig handlungsfähig, sondern auch emotional in Stimmung gehalten werden.

So war es nur naheliegend, dass wir unseren Besuch ausdehnten und uns erst einmal in aller Ruhe verköstigten und danach wohlig einrichteten, um die übrigen Annehmlichkeiten des Hauses zu geniessen. Immer mehr Besucher strömten herein, doch kein unangenehmes Gedränge entstand; alle fanden Platz, denn die Bundesräumlichkeiten sind unglaublich ausgedehnt und noch und noch konnten weitere Bürotrakte erschlossen werden.

153

Trotz aller Heiterkeit war ein gewisses Misstrauen am Platze, denn es schien so, dass andere, nicht Berechtigte, nicht zu uns Gehörige Einlass begehrten, unter anderem ein stadtbernisches Polizeikorps, das meinte, zum Rechten schauen zu müssen, und zwar unter dem Vorwand, die physische und psychische Sicherheit des sich unter uns befindenden Bundesrates sei nicht gewährleistet, was angesichts unserer Friedfertigkeit eine freche Unterstellung war. Natürlich liessen wir die Uniformierten nicht ein, im Gegenteil, wir schlossen und verrammelten die Portale. Diese sind so massiv gebaut, dass sich die Berner bei einem Sturmlauf ihre Köpfe blutig geschlagen hätten.

Da wir aber fürchteten, das Korps der Stadtpolizei würde auf die Idee kommen, sich in Zivil und inkognito einzuschleichen und unseren Anlass zu stören, bewachten wir die Nebenpforten scharf und liessen nur noch Besucher ein, die den entsprechenden Ausweis bei sich trugen - das offizielle Invalidenzertifikat, mit dem jeder der unsrigen nachweisen kann, zu welcher Gesellschaftskategorie er gehört. Genügend Freiwillige meldeten sich zur Wachablösung; somit hatten wir unsere Ruhe gesichert und konnten uns unbelästigt unseren Festivitäten widmen, zumal wir mit der Zeit annehmen durften, dass alle Unwerten den Weg ins Bundeshaus gefunden hatten und wir vollzählig anwesend waren.

So war es. Unsere erst so nüchterne und informelle Begegnung unter den Kastanien entwickelte sich in den Hallen des Bundes zu einem Fest, dessen Grösse und Glanz wohl alles in den Schatten stellte, was diese Mauern je zu Gesicht bekommen hatten. In allen Räumen erklang Musik: Jazz-Bands, Jam-Sessions, Rockgruppen, Männerchöre, junge Rapper und Hip-Hopper überboten einan-

der. Disc-Jockeys hatten klangstarke Anlagen in Betrieb genommen und scratchten um die Wette. Und alles tanzte, sang, liess die Berner Matten und Auen und Wälder, die Schweizer Berge und Gletscher, die Eidgenossenschaft – und ganz besonders den Bundesrat und neuen König der unsrigen hochleben.

Immer neue Lager an Vorräten wurden gefunden; ja selbst diejenigen, die sich früh schon aus gesundheitlichen Gründen zurückziehen wollten, weil sie derartiger Anlässe zu lange schon entwöhnt waren, fanden bequeme unterirdische Schlafstellen in unabsehbarer Zahl, alles bestens eingerichtet, die Betten bezogen, die Nachttische sauber am Platz, die Toiletten betriebsbereit, so dass erneut in Sprechchören, die Abendgebeten glichen, gedankt wurde für die Vorsehung eines regierenden Rates, der an alles und jedes gedacht hatte.

Die Feier zu unserem Treffen zog sich in den Abend hinein und erreichte in der Nacht ihren Höhepunkt. Es wurde zwar später von Neidern behauptet, wir hätten überbordet und die würdigen Hallen entweiht, ja sogar Putschgedanken gehegt, was vollkommen unsinnig ist und dem gleichen geistlosen Denkarsenal entstammt wie die dümmlichen Sticheleien, die für uns Unwerte ja zum grauen Alltag gehören.

Hier, im Bundeshaus, stichelte niemand. Hier waren wir unter uns. Wir hatten – endlich – zu uns selbst gefunden, und alle verspürten wir das Bedürfnis, der Feier auch weit herum hörbaren Hall und Donnerklang zu verleihen. Das gelang auch, denn die unsrigen stöberten in den erwähnten gepanzerten Kellern auch ausgedehnte Waffenarsenale auf, Maschinengewehre, ja Kano-

nen zur Verteidigung des ganzen Hauses, zudem Munition in Hülle und Fülle. Was lag also näher, als damit nicht nur die Wachen an den Pforten zu bestücken – die Berner Polizei hatte weitere Aufgebote herangezogen und vor dem Haus bis hinten zum Bärenplatz eine kleine Armee aufgestellt –, sondern das Allermeiste mit den Liften in die grosse zentrale Kuppel hinauf zu transportieren. Genügend Munition war vorhanden, um die ganze Nacht aus den Lukarnen und der Kuppellaterne zu schiessen und zu böllern und mit der in allen Farben strahlenden Leuchtmunition die ganze Berner Altstadt in den buntesten Farben zu erhellen.

Eine kleine, aber weitsichtige Minderheit der unsrigen, die lieber politisierte als schoss oder feierte, zog es vor, im Saal des Nationalrates über unsere und des Staates Zukunft zu debattieren. Wesentlichstes Ergebnis war, dass wir uns bereit erklärten, unser Potential wieder in den gesellschaftlichen Prozess einzubringen. Natürlich nicht mehr als wirtschaftliche Produktivfaktoren – dieser Weg blieb ein für alle Mal verschlossen –, sondern in einem viel direkteren und notwendigeren Sinne. In der Diskussion wurde die Idee geboren, dass wir im Bundeshaus bleiben würden. Auf Dauer. Genügend Ressourcen waren vorhanden, mehr benötigten wir nicht.

Dabei waren wir gewillt, ab sofort die exekutiven und legislativen Geschäfte zu übernehmen. Wir, die wir über beliebig viel Zeit verfügen, würden die heillos überanstrengten und überforderten Politiker entlasten. Bekanntlich regiert in der Schweiz ein Milizsystem, in welchem die Politiker durch eine Unmenge anderer Mandate – Verwaltungsräte, Verbandsvorstände, Geschäftsleitungen, Anwalts- und Arztpraxen, Sportpromotionen und Bauerngehöfte – in Anspruch genommen werden. Damit würde es ein Ende

haben. Sie alle konnten sich getrost wieder ihren angestammten Geschäften widmen. Im Bundeshaus würden zukünftig wir regieren. Der erste und wichtigste Schritt war ja bereits getan: Wir hatten uns wohnlich eingerichtet.

Die Übrigen kümmerten sich nicht um solche Pläne und feierten herzhaft drauflos. Wir alle waren erlöst, erlöst für eine Nacht; wir waren frei. Für eine Nacht, in der wir vielleicht für den ganzen Rest unseres Lebens feierten. Ich machte mir keine Gedanken, endlich einmal keine Gedanken, denn was hatten wir Unwerten sonst anderes zu tun als uns dauernd Gedanken und Sorgen zu machen. Endlich waren wir am Feiern; wir feierten unsere erste und einzige Versammlung, und das reichte. Und in dieser Freiheit, in dieser feierlichen, vergänglichen Freiheit, in der ich durch die Hallen und Gänge schlenderte, an Gruppen plaudernder und diskutierender, trinkender und essender, singender und tanzender, dösender und jassender Leute vorbei, in dieser Freiheit, die meine eingerostete Empfindungsfähigkeit wieder geweckt hatte, lernte ich sie kennen. Sie.

Ich war an eine rege besuchte Bar geraten, wo mir ein Glas schäumender Prosecco kredenzt wurde. Und ein zweites und ein drittes. Die längste Zeit liess ich halb träumend meinen Blick über die Menge der Leute schweifen. Die Bar befand sich am Rand einer Halle, die zu einer grossen Tanzfläche umfunktioniert worden war. Auf der anderen Seite hatte sich ein Disc-Jockey installiert und liess lateinamerikanische Rhythmen ertönen. Hier brauchte man kein Tänzer zu sein, kein tanzkurserprobter Tänzer, hier bewegte sich jeder gerade so, wie ihn die Musik packte und trieb. Stampfende und hüpfende, wiegende und schlenkernde Körper bewegten sich ohne Rast, und ich gewahrte plötzlich, dass auch

157

ich, obschon ich mich selbst nicht unter die Tanzenden wagte, die Melodien mitpfiff und dass mein Körper und der Prosecco in meiner Hand im Rhythmus wippten.

Als ich das leere Glas wieder hinstellte, traf mein Blick auf ein Paar Augen hinter der Theke, die mich kritisch musterten.

«Altro?»

Ich nickte.

«Cin cin. E dopo cambiamo i posti. Du kannst eine Weile den Keeper spielen, carissimo. Auch ich bin nicht nur zum Arbeiten gekommen», erklärte die Dame.

Ich fühlte mich ertappt und dankte. Nachdem ich am Glas genippt hatte, wollte ich sie nicht weiter warten lassen und ging um die Bar herum. Jeder war einmal an der Reihe.

«Bravo. Sei molto bravo», kommentierte sie, machte aber keine Anstalten, sich nun zu vergnügen, sondern blieb bei mir hinter der Bar und servierte weiterhin, denn unablässig drängten neue Gäste heran und wollten bewirtet werden.

Ich hatte noch nie Getränke ausgeschenkt und stellte mich entsprechend umständlich an. Abgesehen davon kannte ich nur die wenigsten der Flaschen, die da standen, staunte aber über die Vorräte. Maura – so hiess die Italienerin – schob mir das Drahtgestell einer Abwaschmaschine zu, das ich mit den schmutzigen Gläsern zu füllen hatte. Da ich zu Hause mein Geschirr von Hand wasche, zeigte ich mich auch hier unbeholfen. Immerhin sah ich, wie Maura geschickt die Getränke servierte – offenbar hatte sie Erfahrung –, und mit der Zeit imitierte ich diese oder jene Handbewegung und wurde nach und nach wendiger. Recht lange arbeiteten wir so nebeneinander, und Maura nickte mir anerkennend zu, doch schliesslich rief sie in einer Musikpause: «Allora, signori,

cercasi altri baristi, Barkeeper gesucht, mesdames et messieurs!», rekrutierte aus den Umstehenden zwei Ablösungen, packte mich am Ärmel und zog mich auf die Tanzfläche.

Natürlich war ich erst geniert und bewegte mich ungeschickt, doch gab sich das mit der Zeit und dem weiteren Prosecco. Maura trug ein weites dunkelrotes Kleid, seidig glänzend, und einen bunten Seidenschal. Ihre rotbraunen Haare leuchteten in den rhythmischen Spotlichtern. Wir tanzten erst frei, und Maura beachtete mich gar nicht besonders, dann aber näherte sie sich mir, hielt mich an beiden Händen, gab mir ihre Schritte vor, bis ich ihnen einigermassen folgen konnte, und legte sich schliesslich meinen rechten Arm um ihre Hüfte. Wir tanzten. Auch ich tanzte. Was ich einmal ersehnt hatte, ging mir nun in Erfüllung. Ohne Zwang, unkompliziert, ohne Tanzschule und ohne lange Instruktionen. Maura führte mich in den Takt der Musik, und ein Stolpern zwischendurch über meine oder ihre Füsse war kein Unglück. Wir tanzten, und ich genoss die Musik und genoss das Licht in der weiten, hohen Halle, die Scheinwerfer, die sich oben in der Kuppel zusammenfanden, die leuchtenden Statuen über uns, die drei Eidgenossen, deren beschwörende Hände auf uns Tanzende zeigten, als ob sie uns zu sich hinaufziehen wollten.

Ich genoss den Körper der Frau in meinen Armen, die ich kaum kannte, mit der ich noch kein Wort gewechselt hatte, die mit mir in leichtem Schritt über die steinernen Mosaike des ehrwürdigen Hauses glitt. Zwischendurch zeigte sie mir neue Schritte, neue Rhythmen, die ich bald einmal mittanzen konnte. Diese Momente waren meine glücklichsten, nein, meine einzigen glücklichen in all den Jahren. Ich war in einer Gesellschaft, einer riesigen Gesellschaft, und in einer Gemeinschaft, in der Gemeinschaft mit einer

159

Frau; es schien mir wie eine lang ersehnte Erlösung, ich war in einer normalen Gesellschaft, in einer normalen Welt, tanzte einen normalen Tanz, einen Tanz, der – wenigstens für Maura – einen Wert hatte.

Ich weiss nicht, wie lange wir tanzten, doch irgendwann lösten wir uns wieder aus dem Gewühl und schlenderten durch die Gänge, lauschten all den Stimmen, dem Gesang und Gejohle, den Festfreuden, den Handorgelspielern und Bläsergruppen, den Bluestrommlern und Karaokesängern, tranken eine eiskalten Wodka und anschliessend Glühwein.

Zwischendurch kamen wir ins Plaudern; Maura konnte problemlos Deutsch; ihre italienischen Einsprengsel rührten eher von einer gewissen Koketterie her. Wir redeten miteinander, redeten und redeten, und ich weiss nur noch einzelne Worte von all unserer Rede, zwischen Walzer und Polka, zwischen Dôle und Herrschäftler, zwischen Rösti und Meringue, zwischen Amaretto und Espresso und wieder Tanzen und Singen; wir erzählten uns unsere Geschichten, was heisst Geschichten; wir hatten gar keine Geschichten. Menschen wie wir haben keine Geschichten; unsere Biographie beschränkt sich auf eine Ansammlung von disparaten Ereignissen mit unberechenbaren Folgen; ich aus meinem Leben, sie aus dem ihrigen.

Sie stammte irgendwo aus Italien, aus dem Luinese, kam früh in die Deutschschweiz, ihre Ausbildung galt hier nicht viel, Schneiderinnen waren nicht gefragt, praktisches Geschick hatte sie, aber das reichte nicht. Und einen Mann hatte sie auch mitgenommen, doch den Männern war nicht zu trauen, und Maura wollte etwas erreichen und erreichte nichts, und Schmerzen stellten sich ein, irgendwo in der Kälte, im Tiefkühllager einer Eisfabrik. Und Arbeits-

ausfälle und schliesslich an den Rand gedrängt und Maura hatte es auch nicht geschafft. Stellen da und dort, Ehe, ich weiss nicht genau, ohne Kinder, obwohl Wunsch und Sehnsucht da gewesen wären. Aber der Mann unzuverlässig, eifersüchtig, haltlos, das und jenes versucht, da und dort gearbeitet, nie auf einen grünen Zweig gekommen, beide enttäuscht, viel Streit, der Mann untreu, wie es so geht, wieder Streit, Trennung, neue Enttäuschungen, Schmerzen, Schmerzen an der Arbeit, unerklärlich, immer wieder abgeklärt von den Ärzten und doch unerklärlich, ausgesteuert, der Invalidenrentenanstalt überwiesen und schliesslich …

Irgendwo gestrandet. Und Scheidung und wieder zurück in die Heimat und schliesslich …

Ihre Geschichte war so banal wie die meinige. Aber Maura gefiel mir, ihr Tanzen gefiel mir, ihr Duft, der Sommerblüten im Süden verhiess, ihr munteres, keineswegs oberflächliches Plaudern, ihr Lachen.

Die ganze Nacht wurde gefeiert und getanzt, getrunken und gebummelt: Wer nicht tanzte, diskutierte, wer nicht diskutierte, der feuerwerkte oben in der weiten Kuppel mit der Leuchtmunition; wer das Militärische bevorzugte, machte die Waffen einsatzbereit und instruierte die wechselnden Wachen, für alle Fälle, denn draussen marschierte immer noch die Polizei und posaunte mit ihren Sprachrohren irgendwelche Befehle, die im Feuerwerkslärm untergingen.

Gegen Morgen hin verlor die Musik den Schwung; die Schritte wurden langsamer, und Maura und ich fanden, es sei nun genug. Das Haus zu verlassen gestaltete sich allerdings nicht ganz ein-

fach. Die Tore waren allesamt verschlossen und verriegelt. Draussen waren die Uniformierten mit irgendwelchen Manövern zu sehen, so dass Komplikationen drohten. Doch auch hier erwiesen sich die Bauverhältnisse als ideal. Aus den geräumigen Kellern, wo sich alle Vorräte und Gerätschaften für die Gastronomie und die Unterhaltungen befanden, führten lange, gut erleuchtete Tunnels in verschiedene Richtungen. Wir folgten einem der Gänge weiter in die Tiefe und stellten fest, dass wir nicht die Einzigen waren, die diesen Weg benutzten; selbst in der Gegenrichtung waren etliche unterwegs. Endlich bog der Tunnel ab, führte nach oben, und wir gelangten hinter alten Pferdestallungen jenseits der Aare unbehindert ins Freie.

Und nun? Die Frage hatte ich auf den Lippen, doch zögerte ich, sie auszusprechen. Und nun? Was nun? Die nächstliegende Frage, natürlich. Doch vielleicht war das die Frage, die Wendung, die immer wieder mein Leben zerstörte. Die Frage, was zu tun war. Wann und warum wie was zu tun war. Richtig zu tun war. Exakt zu tun war. Nach allen Regeln zu tun war. Nach allen Wünschen und Alternativwünschen zu tun war.

Musste ich fragen? Konnte ich nicht einfach …? Konnte ich nicht einfach in diesem Schwung bleiben, in diesem ziellosen Treiben, in diesem …

Maura musste sich ähnliche Gedanken gemacht haben, denn unvermittelt sagte sie: «Vieni! Komm mit! Hinunter zum See. Ai bosci. In die Kastanienwälder. Hier haben wir nichts mehr verloren. Vieni. Caro.»

In den Süden? Mit einer Frau, die ich kaum kannte? Oder kannte ich sie im Gegenteil bereits besser als alle anderen Bekanntschaften? Denn mit jenen Frauen hatte ich nie getanzt, nie eine

Nacht lang gesungen und geplaudert und getrunken; ich konnte mich nicht einmal mehr richtig daran erinnern, was denn gewesen war, mit jenen Frauen – nein, das stimmte natürlich nicht. Ich konnte mich sehr gut daran erinnern, aber was zurück geblieben war, waren Enttäuschungen, irgendwelche Enttäuschungen …

Wir hatten nicht zusammengepasst und es war auseinander gegangen. Nichts weiter. Keine jahrelangen Streitigkeiten. Sondern einfach auseinander. Nicht mit Katastrophen und Zerstörungen, aber mit Wehmut, mit Schmerzen, natürlich. Ich wusste es nicht mehr. Ich wusste auch nicht mehr, was ich damals gewollt hatte. Was will man, was wollte ich? Eine Beziehung. Was ist das? Ich weiss es nicht. Ich wusste es nicht. Eine Partnerin. Eine Sehnsucht.

Nun, an diesem Morgen, war Maura da, eine Frau, die …

Sie war einfach da, und keine dumpfe, angenagte Sehnsucht steckte in mir. Eine Frau war da, eine Freundin, dazu noch eine Italienerin, die romantische Bilder von Seen und Wäldern in mir weckte und die mich zu sich einlud.

«Jetzt. Gleich», hörte ich sie sagen, «nicht irgendwann, nicht irgendeinen Besuch versprechen, im Herbst oder so, und dann doch wieder vergessen. Mich vergessen. Komm mit. Jetzt. Lass uns reisen. Andiamo. Viaggiamo.»

Warum sollte ich nicht? Maura gefiel mir. Sie war spontan, sie sah gut aus, auch draussen, am Tageslicht. Auch nach einer durchzechten Nacht. Sie konnte lachen, sie konnte singen, sie hatte Willen.

Auf Umwegen langten wir beim Bahnhof an und bestiegen den nächsten Zug in den Süden. Nach Brig. Der Wagen war überfüllt von Ferienreisenden, Pfadfindern, Rucksäcken, Rollbrettern,

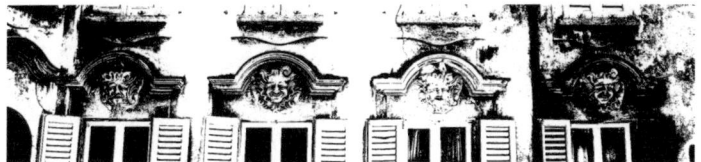

Hunden, Proviant. Wir mussten draussen im Gang stehen, lehnten halb aneinander, schliefen beinahe ein. Eine Ewigkeit, bis wir endlich Brig erreichten. Umsteigen. Im Zug aus Genf nochmals dasselbe, immerhin konnten wir im Tunnel durch den Simplon sitzen, und eben war ich eingenickt, so wurde ich von Maura geweckt. «Domodossola, cambiare, carino!»

Im Bahnhof tranken wir einen Kaffee, konnten uns aber nicht mehr aufraffen, den nächsten Zug zu besteigen. Wir beschlossen, ein Hotel zu nehmen. Glücklicherweise hatte ich genügend Geld bei mir; über eine Kreditkarte verfügte ich schon lange nicht mehr.

Der Mann an der Rezeption blickte von seiner rosa Zeitung auf und fragte: «Letto matrimoniale? Doppelbett?»

Ich schaute fragend Maura an. Sie nickte. Wir schleppten uns die Treppe hoch und fielen ins Bett. Wir waren müde, todmüde. Das Fenster stand offen, und der Lärm von der Strasse drang herauf. Wir waren müde, und wir sehnten uns nach Liebe, umarmten uns, küssten uns; ich fuhr mit meiner Hand durch ihr dichtes Haar, immer wieder; ich meinte, wieder ins Leben zu greifen, ins Leben einer Frau und in mein eigenes Leben, denn Maura küsste mich gleich wie ich sie küsste, sehnte und drängte sich nach mir, nach meinem Körper; ich war wieder ein Mann, keiner, der sich die Liebe schamvoll erkaufen musste, ich war geliebt, weil ich …

Weil irgendetwas, nein, weil ich, ich selbst, wieder da war. Wir schliefen und schliefen miteinander, wir schliefen und erwachten tausendmal und schliefen wieder ein und küssten uns; ich vergrub meinen Kopf in ihren Hals und ihre Brüste und schlief wieder ein und wurde geweckt, von der Strasse oder von Mauras Leib, vom Leben, das mich gepackt hatte, von meinem eigenen Leben.

Und schliesslich schliefen wir wirklich, eine endlos lange Zeit, so träumte es mir jedenfalls; mit Maura war ich in einer Ewigkeit, in einem lärmigen Paradies, voller Autos, voller Fernseher, voller Bartresen und Sturmgewehre, voller steinerner Kuppeln. Und Engelschöre sangen, und es war ein Paradies und es war nur die Welt, und Fensterflügel gingen langsam auf und zu, auf und zu, und vor dem Fenster war ein grosser Bildschirm, der unablässig von einem Bild zum anderen klickte, von einem Bild zum anderen. Ich erwachte, Nacht war es, nein, Dämmerung, Zwielicht, flimmerndes Zwielicht, Fernsehzwielicht; Maura schlief und der Fernseher war an; ich wusste nicht, wo ich mich befand, in welchem Paradies, der Fernseher lief, und Bilder wechselten dauernd, die Sender wechselten, und ich war verwirrt und durstig und wusste nicht, was zu tun war. Nichts war zu tun. Ausser den Fernseher abzustellen. Ich fand aber die Fernbedienung nicht und suchte auf dem Nachttisch, fand sie nicht und suchte unter dem Bett und fand sie nicht, und fand sie schliesslich unter meinem Kopfkissen, drückte auf den Tasten herum und der Sender blieb stehen.

Ich wollte abschalten, meinte aber, bekannte Bilder zu sehen, meinte Bilder aus meinen Träumen zu sehen, meinte noch zu träumen und gar nicht abschalten zu können. Doch dann wurde ich wacher und klarer im Kopf und realisierte, dass das Berner Bundeshaus in der nämlichen Dämmerung gezeigt wurde, die Pforten waren geöffnet, wie es schien, Leute in Gruppen, die unsrigen zweifellos, spazierten oder wankten heraus, übernächtigt, ohne viele Worte. Draussen standen Uniformierte, die nicht recht wussten, was sie tun sollten. Einzelne drangen ins Gebäude; ein Kommentator redete weitschweifig herum; zwischendurch trat

der Bundesrat, unser König, ans Dämmerlicht, auch er müde und wenig standfest.

Mittlerweile war auch Maura erwacht und verfolgte mit halb geschlossenen Augen den schleppenden Exodus der noch im Bundeshaus Verbliebenen. Offenbar hatten die unsrigen davon abgesehen, das Haus in Gewahrsam zu behalten, sondern zogen es vor, in die eigenen, vertrauten Wände heimzukehren. Man schien Verhaftungen vornehmen zu wollen, doch der Bundesrat winkte müde ab und befahl der Polizei, nach Hause zu gehen und auszuschlafen. Diese murrte, doch flugs wurde umgeschaltet, ins Haus, wo es sich etliche am Boden oder auf den Sitzen und Bänken gemütlich gemacht hatten und noch schliefen. Leise und melancholisch spielte irgendwo ein Akkordeon. Letzte politische Meinungen wurden wiederholt; niemand reagierte, und auch Maura und ich schliefen wieder ein.

Und wieder erwachten wir und schliefen miteinander und blieben liegen; Strahlen der Sonne fielen auf die Hauswand gegenüber, unten auf der Strasse waren Schritte zu hören, halblautes Reden, einzelne Autos. Ein neuer Tag begann. Wir waren früh aus dem Bett, aus dem Hotel, tranken auf der Piazza beim Bahnhof einen Cappuccino, assen Tramezzini. Dann fuhren wir mit der Schmalspurbahn durchs Valle Vigezzo – Maura informierte mich über all die unbekannten Namen, die eine neue Welt versprachen –, endlos hinauf durch noch winterlich dürre Lärchenwälder. Letzte Schneereste lagen an den Schattenhängen. Wir sassen nebeneinander auf den engen Sitzen, sprachen nichts, liessen die

Landschaft an uns vorbeiziehen, tranken nochmals Kaffee, assen

Süssigkeiten von der auf der Passhöhe eingeladenen Minibar. Der Zug fuhr in tausend Kurven an hundert Tälern vorbei, durch eine einsame Landschaft mit verlorenen Dörfern, dann wieder hinunter, steil hinunter; hier säumten Gärten die Strecke, dichte Büsche, Bäume, die ausgeschlagen hatten, Forsythien, Magnolien, ciliegi, camelie voller lippenroter Blüten. Maura erklärte; ich selbst kannte mich nicht aus; Baumnamen hatten mich bisher nicht interessiert, nicht das Rot, das Rosa, das Lila, das gedämpfte Weiss der Magnolien; es gelang mir nicht einmal, die Farben zu benennen. Ich kannte die Blumen nicht und ich kannte den Süden nicht, obwohl ich auch schon im Süden war, am Meer, in den Ferien, mit dem Flugzeug, irgendwo, irgendwohin geflogen, in die Türkei oder nach Mallorca oder Tunesien; ich wusste kaum, wo ich eigentlich gewesen war, damals, als ich noch mehr Geld hatte.

Ich kannte die Gegend nicht; das Tessin hatte mich nie interessiert, Landschaften hatten mich nie interessiert, meine Ferienreisen gingen jeweils da hin, wo etwas Günstiges frei war oder wo die Frauen, mit denen ich sporadisch herumgezogen war, hinwollten. Für mich hatte alles mehr oder weniger gleich ausgesehen; alles war am Meer - die Frauen wollten immer ans Meer, obwohl es da gemeinhin zugig ist und öde aussieht.

Ein See glitzerte in der Ferne. Ich blickte Maura fragend an.

«Ecco, il lago. Il nostro lago, ignorantino. Il Lago Verbano.» Sie dehnte das «nos-tro» in die Länge und liess keinen Zweifel darüber, dass es ihr See war, ihre Heimat.

Unten im Tal blühte alles noch üppiger; die Äste der roten Zierkirschbäume schlugen gar an die Fenster der kleinen Bahn; Schwarzdorn spross aus den Ufern der Bäche links und rechts hervor. Dann war plötzlich alles weg, und wir fuhren in einen 167

Tunnel. Der Zug hielt. Locarno. Hier war alles laut und belebt und voller Autos und Touristen, Eisdielen und Banken. Es schien, als ob ich aus einem Traum erwachte, und meinte, Maura verloren zu haben, doch schon zog sie mich am Ärmel durch die Leute; ich stolperte um einige Ecken, und bereits waren wir unten am See. Maura kannte sich aus und bald standen wir auf dem Deck eines der Kursschiffe. Maura verhandelte um die Billets; die längste Zeit gestikulierte sie mit beiden Händen; aus welchem Anlass blieb mir verborgen.

Das Schiff legte ab. Viele Ausflügler befanden sich darauf, einzelne mit Kindern. Überall Sonnenhüte, Rucksäcke, Kameras. Wir setzten uns vorn auf eine der Bänke vor der Kabine; hier hatten wir die beste Aussicht. Gemächlich fuhren wir dem See entlang. Maura benannte sie: links der Monte Gambarogno, rechts il Gridone und Monte Faierone. Die Dörfer trugen fremde romantische Namen: San Nazzaro, Gerra, Sant' Abbondio, Tronzano, Cannobio, Maccagno. Palmen wuchsen an den blumengesäumten Anlegeplätzen.

Der See wurde weit; die Sonne leuchtete in den südlichen Dunst, und so, wie sich der See dehnte, so öffnete und weitete sich meine Brust: Ich fühlte mich zum ersten Mal in meinem ganzen Leben weit und frei. Erst jetzt erkannte ich, wie verkrampft und beengt, wie gefangen und verschnürt ich in meinem bisherigen Dasein immer gewesen war. Ich träumte, der See würde sich weiter und weiter dehnen, und wir würden immer weiterfahren, hinaus in ein südliches Meer, in ein unendliches Weltmeer, in das Meer des richtigen, des wahren Lebens.

«Navigazione Lago Maggiore» hiess es in grossen Lettern auf der Glasfläche des Daches, wo wir an Land gingen. Wir spazierten dem Ufer entlang; der Blick glitt über Segelschiffe im Hafen, die alle auf den Sommer und die nächsten Reisen warteten. Ein leichter, lauer Wind wehte vom See her, nein, vom Meer her, wehte über die Gestade des Lebensmeeres, das sich bis in meine Seele zog. Ich war nicht an einem fremden, anonymen, langweiligen Allerweltstouristenstrand, sondern in einem Meeresarm, der mir – geborgen in den weiten Schenkeln der südlichen Alpen – ein neues Leben versprach. Wir kamen zur Strasse, überquerten la Tresa, wie mir Maura erklärte, gelangten zu einem Dorfplatz, wo Kinder spielten und Maura mich warten hiess. Kurze Zeit danach kam sie mit zwei gelati zurück, Stracciatella e Pistacchi, die wir auf der Bank im Halbschatten der spriessenden Kastanienblätter genossen.

Maura erhob sich und schloss einen kleinen Fiat auf, der in der Nähe stand. Aufmunternd lachte sie: «Vieni, carino!»

Die Fahrt ging auf einer schmalen, steilen Strasse die Bergflanke hoch, erst an Gärten mit Palmen, üppig blühenden Kamelien und Magnolien vorbei, dann durch noch vollkommen nackte Wälder – «i castagni, die kennst du hoffentlich!» – Kurve um Kurve, bis wir zu einem winzig kleinen Dorf kamen.

Wir stiegen aus dem Wagen; Hunde bellten da und dort. Niemand war zu sehen. Maura führte mich eine schmale Stiege zwischen eng ineinander verschachtelten Häusern hinauf, um verschiedene Ecken, über einen gedeckten Gang, der auf der einen Seite offen war und wie die Zinne einer Befestigungsmauer wirkte, bis wir bei ihrer Wohnung anlangten. Diese war klein und einfach eingerichtet: im dunklen, schmucklosen Wohnzimmer

ein Sofa, ein kleiner Salontisch, die Fliesen mit einem Teppich belegt, ein Fernseher, darauf eine kleine Madonna. Ein Büchergestell, mit einigen Zeitschriften. Aufgeräumt, ganz anders als bei mir, wo noch Kursunterlagen, Ausdrucke von unabgeschlossenen Programmcodes, Bücher und Broschüren, Akten und Versicherungsentscheide herumlagen. Maura öffnete ein Fenster. Ein sonnenbeschienener Garten war zu sehen, mit hohen, alten Kiefern, blühenden Kirschbäumen und Rhododendron. Unten vor dem Haus einige Rabatten für Gemüse. Neben dem Wohnzimmer befand sich eine kleine Küche mit Gasherd, daneben il bagno mit Dusche und Durchlauferhitzer. Im Schlafzimmer alte Photos und Poster an den Wänden, einige Zeitschriften neben dem Bett. Sonst nichts.

«Hier wohnst du?» Der Klang meiner Stimme hatte etwas Unsicheres, als ob ich zweifelte. Lag sogar eine Enttäuschung darin? Kaum. Es war mir nicht wichtig. Ich war hier in der Fremde, weit weg von meinem gewohnten bedeutungslosen Dasein, weg von meiner gewohnten Person, weg von meinen sinnlosen eingeschliffenen Wildwechseln. Im Gegenteil. Ich war erleichtert, dass es hier anders aussah, dass mich nichts an mein vergangenes Leben erinnerte.

Wir hatten beide Hunger. Maura begann zu kochen, Pasta mit Steinpilzen in Rahmsauce, und öffnete eine Flasche Merlot.

Das Wetter war mild in den nächsten Tagen, und wir spazierten durch die noch dürren Kastanienwälder oder fuhren an den See hinunter, weiter nach Porto Valtravaglia oder Laveno, hinüber

zu den Borromäischen Inseln; Maura zeigte mir das Luinese, das

Varesotto. Ein in den Bergen und Wäldern verborgenes Mittelmeerparadies. Ich genoss die Tage. Abends sassen wir vor dem Fernseher. Zwischendurch fuhr Maura mit dem Auto weg. Sie half in einer Bäckerei oder einer Cafeteria, die Verwandten gehörte. Genaues wusste ich nicht, und es kümmerte mich auch nicht sonderlich. Ich blieb in der Wohnung, kochte ab und zu. Nachbarn waren selten zu sehen, doch durchaus zu hören, denn die Balkone der unübersichtlich gebauten Häuser lagen wirr übereinander; die Fenster standen meist offen. Von da und dort war Fernseherschwatzen, Familiengerede, Kinderrufen zu hören.

War ich wieder einmal für mich allein, schätzte ich das durchaus. Ich duschte jeweils ausgiebig, nahm mir etwas aus dem Kühlschrank, setzte mich auf den kleinen Balkon an die Sonne, genoss die Wärme, las, träumte, machte hin und wieder einen Spaziergang. Einige Schritte in den Wald hinein, nicht zu weit, denn ich kannte mich nicht aus. Da und dort bellten Hunde, was mich verunsicherte. Sie erinnerten mich daran, dass ich nicht hierher gehörte.

Das Gelände hinter den Häusern nannte Maura il parco, und tatsächlich: Mit seinen verwitterten Treppchen, den mächtigen Kiefern, den dunklen Zypressen, die einmal eine Allee gebildet hatten, und den dazwischen gestreuten Obstbäumen glich er einer alten toskanischen Parklandschaft, die in diesen noch wintergrauen Wäldern fremd wirkte. Die Steinbänke waren bemoost; alte rostige Gerätschaften standen unter Bäumen mit noch nicht gepflückten Kaki vom vergangenen Jahr.

Ab und zu spazierte ich über die Wege, die zu einer halb zerfallenen winzigen Residenz oben am Waldrand führten, setzte mich da und dort unter die Bäume, träumte in den Himmel hinauf oder

blätterte in einer Zeitschrift und versuchte, den italienischen Text zu entziffern.

Irgendwann bemerkte ich, dass ich da draussen nicht immer allein war. Ein Mann versteckte sich ab und zu zwischen den Bäumen oder hinter Büschen; ein Paar Augen, ein halbes Gesicht, eine Schulter waren zu sehen; er versteckte sich so auffällig, dass ich ihn entdecken musste. Er schien nicht zu den Bewohnern des Dorfes zu gehören. Als ich einmal Maura fragte, zuckte sie mit den Schultern. Man wisse nicht, wer alles sich hier draussen herumtreibe; das Land sei wild.

Eines Tages musste ich mit Maura nach Luino hinunter.

«Du brauchst einen Anzug.»

«Wozu?»

«Hier brauchst du eine Kleidung. Un vestito da uomo.»

«Bis jetzt war das nicht nötig.»

«Du bist in Italien.»

«Am Rande.»

«Non importa. Das spielt keine Rolle.»

Es ging nicht um Italien, natürlich nicht. Sondern darum, dass in der Familie eine Taufe bevorstand. Und ich mit Maura eingeladen war.

Wir fuhren ins nahe Städtchen, dem wir eigentlich immer eher ausgewichen waren, wie mir erst da auffiel, und besuchten ein Kleidergeschäft. Ich kam mir dämlich vor in diesem dunklen Anzug, mit Seidenhemd, Seidenkrawatte, fazzoletto da taschino - dem Ziertaschentuch, auf das Maura Wert legte - und bezahlte

eine Menge Geld. Immerhin brauchte ich sonst kaum welches, so

dass genügend auf meinem Konto lag. Maura und die Verkäuferin zeigten sich zufrieden.

Am nächsten Morgen traf man sich vor der Kirche. Ich geriet in ein Gewühl von Menschen und wirr parkierten Autos. Alle Leute waren festlich gekleidet, das ganze Dorf, die Frauen bunt, die Männer schwarz. Alle schwarz. Grauschwarz, anthrazitschwarz. Eine Kamelie wurde mir ins Knopfloch gesteckt. Warum ausgerechnet eine Kamelie? Den anderen Männern ebenfalls, dabei gehörte ich nicht zu den anderen Männern, die sich natürlich kannten. Ich wurde allen vorgestellt, konnte mir die Namen nicht merken und auch nicht die Verwandtschaftsgrade. Ich kannte die Zeremonien nicht und fühlte mich fehl am Platze. Nein, ich w a r fehl am Platz.

Einzelne der Leute konnten Deutsch und warfen mir ein paar Brocken hin. Und natürlich wurde ich gefragt, woher ich käme. Keiner erwartete eine Antwort; jeder machte ein paar Bemerkungen, die ich nicht verstand. Nach meiner beruflichen Tätigkeit fragte glücklicherweise keiner. Alles trat in die Kirche; es folgten die Rituale des Pfarrers, das Absingen melancholischer Lieder; schwere Düfte zogen durch das Kirchenschiff, Weihrauch vermischt mit einer Unmenge von Parfums – auch ich hatte mich nach den Anweisungen von Maura mit einer lozione di barba parfümiert.

Nach der Kirche folgte ein Apéro in der Cafeteria, die der Familie gehörte. Dann wechselte die Gesellschaft in den Park am See. Hier wurde ein reichliches Essen serviert, das sich weit in den Nachmittag hineinzog und dem sich eine Rundfahrt mit dem Schiff auf dem See anschloss. Süssigkeiten wurden gereicht. Am Abend fand man sich wiederum bei Essen und Trinken ein, dies-

mal direkt am See, laut, mit Musik. Es wurde getanzt. Und auch ich musste tanzen; Maura erwartete es. Doch während ich damals, in jener Nacht in Bern, das Tanzen genoss – ein intimes Tanzen mit meiner neuen Begleiterin, meiner Freundin –, empfand ich es diesmal als ein Zurschaustellen meiner Person. Entsprechend unbeholfen wirkte ich, und dass mir Maura wieder bei meinen Tanzschritten behilflich war, verschlimmerte die Sache nur noch.

Kinderballone, Kinderlärm, Tanzlärm. Und ich wurde Mauretino genannt, weil mein Vorname mit einem H beginnt, das keiner der Italiener aussprechen konnte. Ab und zu vernahm ich einige deutsche Worte. Doch im Grunde interessierte sich keiner für mich, was mir auch egal war. Maura plauderte natürlich mit den verschiedensten Leuten und holte mich zwischendurch zu sich, um mich erneut vorzustellen. Meinte ich auch das Gesicht zu erkennen, das ich schon im Garten gesehen hatte?

Von da an nahm mich Maura hin und wieder hinunter nach Germignaga in die Cafeteria am Dorfplatz. Diese bestand aus einem grösseren Raum mit langgestreckter Theke, an der hauptsächlich die Männer ihren Trunk vor dem Essen nahmen, und einem salone mit Tischchen und Polsterstühlen, wo die Frauen ihren latte macchiato tranken und ein brioche assen. An den Wänden hingen Spiegel, farbige Lampen, Spielautomaten; ab und zu lief das Radio oder der TV, manchmal beides gleichzeitig; zwischendurch meldeten sich die telefonini der Familie und der Gäste. Hier traf sich alles, das ganze Dorf; jeder kannte jeden, man kaufte auch Gebäck, Torten, biscotti, amaretti, Schokoladenkugeln, sambuca, oder wählte sich Gefrorenes am Eisstand.

Nicht lange dauerte es, bis auch ich hinter dem Tresen aushalf; die Besetzung war unklar, unorganisiert, einmal war Maura allein, dann mit ihrer Schwester und Mutter zusammen oder einer Nichte. Mit den Gästen dasselbe, meist war es laut und unruhig, selten aber, an Regentagen zumeist, leer und öde. Erst diente ich Maura nur zu, dann schenkte ich Wein aus oder bediente die Kaffeemaschine; allerdings waren einzelne Gäste davon überzeugt, dass kein Nordalpiner die Maschine zu bedienen im Stande sei, und verzogen das Gesicht, wenn ich ihnen den Kaffee servierte.

Italienisch konnte ich mittlerweile ein paar Brocken und kannte immerhin mit der Zeit die Unzahl von Getränken und Süssigkeiten, Eissorten und tramezzini, die panetoni und colombe Saronni. Zu mehr reichte es nicht, und ich konnte mich auch nicht an den Unterhaltungen beteiligen, was mir Recht war. Ich musste nicht meine Meinung über den italienischen Fussball, über die Frisuren der Fernsehansagerinnen oder über die Läufe der Wirtschaft und der Politik abgeben und brauchte mich somit auch nicht um den übrigen Klatsch und die lokalen Geschichten zu kümmern.

Die Gäste waren unbestimmt freundlich zu mir, doch meist wurde ich gar nicht besonders beachtet, sondern gehörte zum Inventar der Bar und von Maura und ihrer Familie. Einzelne Touristen kamen vorbei, Holländer, Deutsche, Schweizer, tranken Cappuccino oder assen ein Eis. Zwischendurch fürchtete ich, es könnte mich jemand als Schwarzarbeiter aufdecken, obwohl ich kein Geld verdiente und lediglich der Familienverpflichtung nachkam. Schlimmer war, dass ich mir den Touristen aus dem Norden gegenüber immer vollkommen lächerlich vorkam, wenn ich die Kaffeemaschine bediente oder birra alla spina zapfte oder ihre Wünsche übersetzen musste. 175

Wenn Maura in der Nähe war, machten einzelne einheimische Gäste kleine Witze, die ich natürlich nicht verstand, aber ich spürte an den Blicken oder an Mauras Reaktion – selten verlegen, meist schnippisch –, dass sie mich betrafen. Einer der Gäste allerdings – nur selten betrat er die Bar und behielt dann meist den Hut auf – zeigte sich stumm und liess sich von mir nicht bedienen, sondern richtete seine Wünsche nur an Maura oder ihre Verwandten. Es war der Mann, den ich mehrmals im parco hinter den Büschen gesehen hatte.

Als er einmal in der hinteren Ecke seinen Grappa trank und ich den Nebentisch abräumte, zischte er mir etwas zu.

Ich verstand nicht und fragte: «Prego?»

«Verschwinde!»

Ich räumte den Tisch ab und erkundigte mich später bei Maura nach dem Mann mit dem Hut.

Sie zuckte nur kurz mit dem Kopf und verzog ihr Gesicht. «Lass ihn; er kann dir egal sein.»

Die Szene wiederholte sich ähnlich, als – was selten vorkam – ich allein in der Bar war. Diesmal zeigte er mir die Faust. «Verschwinde! Vai, vai! Fila via! Figlio di puttana. Hau ab! Über die Berge!»

Ich insistierte bei Maura. Er sei ein Spinner, antwortete sie. Nicht der einzige hier. Ich solle mir keine Sorgen machen. Erst mit der Zeit rückte sie heraus: Es war ihr Ehemann. Ihr früherer Ehemann. Ich erinnerte mich einzelner Schilderungen Mauras, damals bei unserer ersten Begegnung: Was ich nicht mitbekommen hatte: Der Mann stammte aus dem Dorf am See.

Ich solle mir nichts daraus machen. Er sei un matto. Ein Verrückter. Sie könne ihm nicht verbieten, in die Bar zu kommen.

Natürlich nicht. Jedermann kam in die Bar. Die Bar gehörte allen. Gehörte Mauras Familie und gehörte dem ganzen Dorf. Und er gehörte dazu. Er drohte mir zwischendurch, ballte heimlich die Faust. Ich liess mir nichts anmerken, tat so, als ob ich es nicht gesehen hätte. Ich wollte vor Maura auch nicht als Schwächling dastehen. Und wollte mir auch nicht allzu viele Gedanken machen.

Auch sonst nicht. Es gab nichts zu denken, nichts zu entscheiden. Wir lebten einfach so. Ich lebte nicht auf Kosten von Maura. Ich bezahlte für meine Aufwendungen. Auch fürs Benzin. Übernahm ab und zu Rechnungen, die herumlagen. Wir sprachen nicht darüber. Warum sollten wir.

Eines Morgens spazierten wir, Maura und ich, durch den Kastanienwald, der nun frisches Laub zeigte, hinunter ins Tal, an ein paar verlotterten Schuppen vorbei bis zum Strässchen, das die Margorabbia bis zu ihrer Einmündung in die Tresa begleitet. Wir sprachen wenig, hielten uns an der Hand, setzten uns schliesslich an die Böschung. Maura trug ein langes helles Kleid, eigentlich unpassend für diesen Spaziergang.

Ein warmer Wind wehte durch die Weidenäste neben mir, und eben streckte ich mich etwas zur Sonne hin, als es neben mir raschelte und – da stand er. Er musste uns schon lange verfolgt haben. Er. Der Mann. L'ex. Ich kannte nicht einmal seinen Namen. Maura nannte ihn nie; ich hatte auch nicht danach gefragt.

Er stand vor mir, breitbeinig, seine Hand zitterte. Zitterte mit dem Messer, das er aufgeklappt gegen mich richtete. «Verschwinde, stronzo! Spari! Vai! Cazzo.» Er fuchtelte mit dem Messer vor meinem Gesicht. Sein Körper wankte.

177

Maura rief: «Lascia, Antonio, lascialo! Lass ihn! Non e colpevole. Er hat keine Schuld.»

Ihn. Er. Er. Ich. Ich war nicht ich. Ich war nichts. Ich war nur er. Er. Irgend ein er. Ich hatte nicht einmal einen Namen. Im Gegensatz zu Antonio. Und: Ich war nicht einmal schuldig. Er. Non colpevole. Unschuldig. Er unschuldig. Nicht einmal schuldig war er, war ich, war ich in dieser Welt. Das war es – nicht sein Fuchteln, nicht die Bedrohung –, was mich aufschiessen liess, direkt ins Messer. Direkt hinauf ins Messer. Es traf mich am Kinn, doch spürte ich keinen Schmerz. Ich schoss auf mit meinem Kopf, mit meinen Händen; mit meinem ganzen schweren, schwerfälligen Körper schoss ich auf, und nochmals blinkte das Messer, irgendwo an meiner Schulter, doch hatte ich den Mann schon gepackt, am Arm, am Handgelenk, hatte ihn aus dem Stand gedrängt, drehte ihn ab, noch war das Messer in seiner Hand, und ich warf mich direkt darauf los, auf das Messer, auf die Hand, die zitterte, auf den unrasierten Mann, der stank, ich spürte nichts, nicht die Klinge, nicht die Faust, nicht den Griff der anderen Hand, nur den Gestank des Mannes, roch nur den stinkenden Mund, sah nur die stinkenden Kleider, die stinkende Nase mit den blauen Äderchen und die ungewaschenen Bartstoppeln. Ich hatte sie satt, diese stinkende Welt. Mein Überdruss an diesem Gestank der Welt liess mich das Messer ersehnen, das Messer war meine Erlösung, aber ich würde es besiegen, das Messer und den Mann; ich würde die Welt umbringen, würde sie mit mir umbringen.

Er war leichter und wendiger als ich, aber nicht geschickt; er war kein Kämpfer, sowenig wie ich. Und: Er wusste nicht, was ich wusste. Er wusste nicht, wie wenig er taugte, er und alle anderen, er und die Welt, er und ich. Er wusste nicht, dass sich der Kampf

nicht lohnte, dass er genauso gut untergehen konnte wie ich, dass es nicht darauf ankam, dass er ein genau gleich windiger Kerl war wie ich.

Ich war grösser und schwerer und bald lagen wir beide am Boden; ich hatte sein Handgelenk wieder gefasst, ich würde es nicht mehr loslassen, bis ich tot war. Ich oder er. Oder beide. Es kam nicht darauf an. Wir rutschten die Böschung hinunter. Blut war an meiner Hand, mit der ich sein Gelenk umklammerte. Wir rutschten, und ich blickte am Kopf des Mannes nach oben. Und sah Maura. Sie rührte sich nicht. Sie beobachtete uns. Sie beobachtete uns, ohne Ausdruck auf dem Gesicht. Sie gehörte zur Welt. Nicht zu ihm und nicht zu mir, sondern zur Welt, die sich nicht um ihn und mich kümmerte.

Wir rutschten, und ich zog mein Knie an und drückte es ihm in den Bauch, ich war schwerer als er und drückte und drückte meinen Kopf gegen sein Kinn, seine Nase, gegen den Gestank der Welt und gegen die Hand mit dem Messer, doch das Messer wies schon lang nicht mehr gegen mich; ich konnte es nicht erreichen, es war unerreichbar, ich erreichte nur den Gestank. Wir rutschten, und ich drehte ab und wälzte seinen Körper über meinen; wir rollten über öde Disteln und über die Böschung und stürzten ins flache Wasser, ich wieder über ihm. Seine Hand löste sich und liess das Messer ins Wasser fallen, wo es zwischen zwei Steinen in der Sonne glitzerte.

Er packte mich an der Gurgel, doch seine nasse Hand hatte keine Kraft mehr. Ich erhob mich; meine Kleider waren schwer und troffen von Wasser. Auch er wollte sich erheben, sank aber ins eisige Wasser zurück. Er atmete schwer und hustete. Sein Gesicht war trotz der Kälte rot und aufgedunsen. 179

Drüben sass immer noch Maura. Unbeweglich. Die Sonne schien in ihr Haar. Ich blickte ihr in die Augen. Sie regte sich nicht. Nicht ihr Blick regte sich, nicht ihr Gesicht, nicht ihr Körper. Ich stieg aus dem Wasser, fror, stieg die Böschung hoch zu Maura. Noch immer bewegte sie sich nicht. Es schien sie nichts anzugehen. Genau so wenig wie mich.

Ich stieg weiter die Böschung hoch, an Maura vorbei, bis ich auf die Strasse kam. Meine Kleider waren schmutzig und durch und durch nass, und ich fror und blutete am Kinn und an der linken Hand. Es ging mich nichts an. Ich begann der Strasse entlang zu gehen, an der Sonne. Niemand folgte. Es war egal. Ich ging der Strasse entlang, zitterte die längste Zeit, fror und zitterte und folgte der Strasse und dem Fluss. Einzelne Radfahrer fuhren an mir vorbei. Wichen in grossem Bogen aus. Ich war ein schmutziger Landstreicher. Vielleicht gar ansteckend.

Andreas Köhler ist Psychiater, Psychotherapeut und Schriftsteller und hält Lesungen in der DenkBar beim Kloster St. Gallen. Er arbeitet als Facharzt FMH in eigener Praxis in St. Gallen, ist verheiratet und Vater von zwei erwachsenen Söhnen. Er hielt öffentliche Vorlesungen an der Universität St. Gallen und war Präsident der St. Galler Gesellschaft für Psychiatrie und Psychotherapie. Er verbrachte seine Jugend in den Tälern der Limmat, der Jona und der Eulach, studierte Medizin an der Universität Zürich und der Freien Universität Berlin. Er schloss sein Studium mit einer Dissertation zum Thema «Religiöser Wahn und Religiosität» ab und bildete sich an der St. Galler Schule für Gestaltung weiter. Sein seelenkundliches und literarisches Interesse gilt der geistigen Fähigkeit des Menschen, seine soziale Welt mittels Geschichten zu durchdringen und zu gestalten.

Weitere Publikationen: «Zur Quell'. Aufzeichnungen eines Fahnenflüchtigen» Neuauflage. «Schuss ins Licht» Neuauflage. «Bavos Verbrechen»

Andreas Köhler

Nayers Weg zum Sacromonte

Roman

Erhard Taverna in der Schweizerischen Ärztezeitung: «*Dr. med. Nayer, von Beruf Kardiologe, muss gehen. Der Chef und die Spitalleitung haben ihm eine Auszeit aufgezwungen. Der Zwangsurlaub soll dem drohenden Burnout zuvorkommen. Es ist Nacht. Der unersetzliche Nayer räumt sein Pult und verliert sich im Jahrmarktgetümmel des nahen Stadtparks. … Nayer schleppt sich zu eine Autobahnbrücke, stürzt sich in die Dunkelheit und überlebt. Damit beginnt ein Roadmovie zu Fuss nach Süden. Denn zufällig hat er auf dem Weg zur Brücke von einer Pilgerfahrt zum Sacromonte gelesen. Was das auch immer sei, es soll ihm den erhofften Frieden bringen. Seine Reise ist gefahrvoll, lächerlich und voller Wunder, seltsame Menschen begegnen ihm, immer wieder bleibt Nayer hängen, übt alle möglichen Berufe aus, lernt Frauen kennen, ist Strassenkünstler, Hilfskoch und Sterbepfleger. Sacromonte könnte überall sein, in einem Kloster, in einer Gefängniszelle, auf einem Campingplatz. Mehrmals überlebt er nur knapp. Nayer wird zu einem ausdauernden Landstreicher, übersteht mehr Abenteuer, als er sich das je vorstellen konnte. Er landet bei Ökoterroristen, unterschreibt Scheidungspapiere und wird mit Hilfe einer verschworenen Computergemeinschaft unverhofft reich. Am Ende erreicht er seinen Sacromonte, ganz anders, als er sich das vorgestellt hat …*
Nayers verborgene Umwege sollen uns der Ungewissheit aussetzen, sprich der Routine entsagen helfen, bevor es zu spät ist. Schelmenroman, Entwicklungsgeschichte oder Rollenspiel. Glück ist ohne Risiko nicht zu haben. Eine Flucht mit vielen Stationen. Andreas Köhler hat Nayers Erweckung witzig, wortreich, fantasievoll und äusserst unterhaltend umgesetzt.»